独白

年轻的日子会发光

在
场
Watching

见 证 电 影 与 时 代

在场
Watching
02

浪迹 电影与旅行

木卫二 著

生活·讀書·新知 三联书店　生活書店出版有限公司

Copyright © 2018 by Life Bookstore Publishing Co., Ltd.
All Rights Reserved.
本作品版权由生活书店出版有限公司所有。
未经许可，不得翻印。

图书在版编目（CIP）数据

浪迹：电影与旅行 / 木卫二著 . — 北京：生活书店出版有限公司, 2018.9
ISBN 978-7-80768-262-2

Ⅰ.①浪… Ⅱ.①木… Ⅲ.①游记 – 作品集 – 中国 – 当代 Ⅳ.① I267.4

中国版本图书馆 CIP 数据核字 (2018) 第 164775 号

策划人	邝 芮
责任编辑	邝 芮　刘 笛
封面设计	罗 洪
责任印制	常宁强

出版发行	生活书店出版有限公司
	（北京市东城区美术馆东街22号）
邮　　编	100010
经　　销	新华书店
印　　刷	北京顶佳世纪印刷有限公司
版　　次	2018年9月北京第1版
	2018年9月北京第1次印刷
开　　本	787毫米×1092毫米 1/32　印张10.5
字　　数	150千字　图82幅
印　　数	00,001—12,000册
定　　价	49.00元

（印装查询：010-64059389；邮购查询：010-84010542）

目录

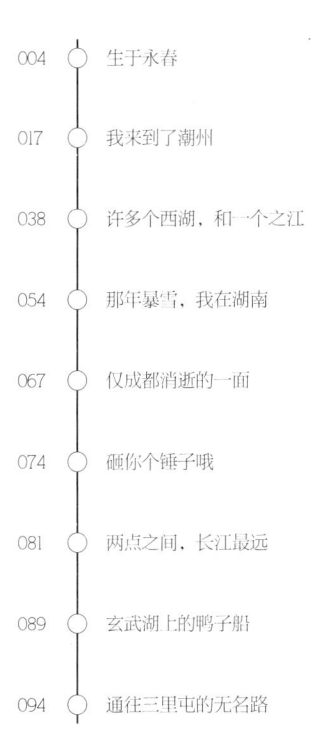

- 004 生于永春
- 017 我来到了潮州
- 038 许多个西湖,和一个之江
- 054 那年暴雪,我在湖南
- 067 仅成都消逝的一面
- 074 砸你个锤子哦
- 081 两点之间,长江最远
- 089 玄武湖上的鸭子船
- 094 通往三里屯的无名路

116	流动的盛宴，在云之南
127	青海湖的露天放映
136	贾樟柯的平遥
151	有一种电影，叫香港
186	洛阳有片汪洋大海
196	西安：属于地下的城市
203	夜落草木，那就是我今日的甘肃
211	维吾尔的老司机
224	帕米尔之心
240	哈尔滨的故事还没结束
258	湘西除了是本小说，还是一部电影
269	我见过原本的凯里，没见过最美的镇远
290	看见台湾

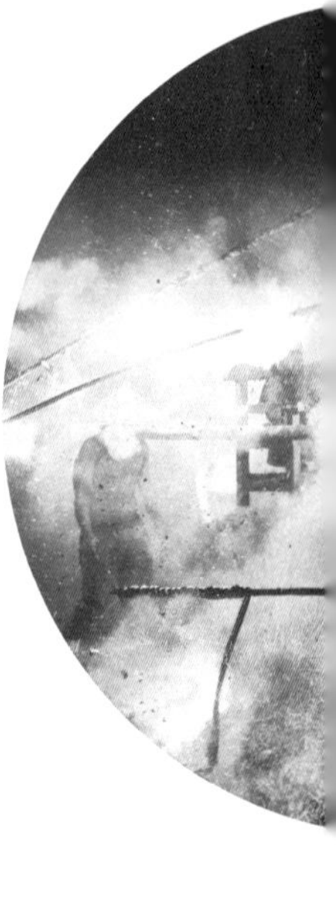

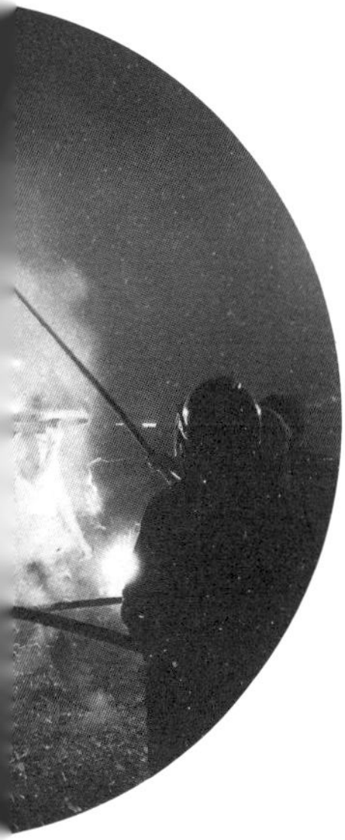

生于永春

洪水夺桥

永春,福建的一个县,一个没有被收录进2016年版《孤独星球:福建》的地方。

中秋那日下午,手机推送上跳出"永春"这两个字。因为过于熟悉,如此不打招呼地出现,反倒显得陌生。

这一次,永春上了全国新闻。上一次,我疑心是十几年前"私彩"在永春泛滥成灾的时候。

从视频和图片上可见,台风莫兰蒂带来的强降水导致洪水暴发,使建成八百七十一年的东关桥部分损毁。桥自中间坍塌,"伤口"大概有二十米的样子。

同一天被洪水冲垮的廊桥,不只有东关桥。光是邻省浙江的温州泰顺,就有三座以上的廊桥被完全冲毁,它们可是国家级重点保护文物。与东关桥还保留了主体结构不同,这些木结构廊桥变成一堆浮木,密密麻麻,随洪流远去。

天灾还是人祸?人们不免如此发问,议论纷纷。

山林中 2016@ 福建永春

因为植被破坏？可家乡山林茂密，我总开玩笑说，它们是以时间倒流的方式在生长。因为河床淤积或水库泄洪？这个不无可能，但也无从知晓。

廊桥当然可以修复，但好像没有人对廊桥复原感到乐观。它们多半会成为更加光鲜的仿古建筑，写满尴尬。

少年时出门，亲人总要说，这是鲤鱼出大溪。远在千里之外的我，突然发现，自己仍然在那洪流之中。

神仙与桥

如同古代寺庙建筑的兴废成败，横跨河流的桥梁几毁几建，也是正常的。像东关桥，加廊盖是后来明朝的事情，真正从宋代保留下来的，就是压着大松木的石头桥墩。泉州更有名的，是在古时候就跨了海的洛阳桥。近千年来，桥崩梁没的场景，也上演过好几回。

造路修桥，对古人是大事，它意味着征服了自然。同时也要祈求神明保护。尤其是在闽南乡间，占卜请神之风更甚。许多桥就像具象的神仙，平凡一点儿的也承载了版本不同的传说故事。例如这东关桥，又名通仙桥。老家镇上，有一座桥宫桥（"宫"是闽南对寺庙众多称呼里的一种），单看名字，你分不清到底它是桥以宫得名，还是宫因桥而立。

我从没有去过东关桥。

我家在城关以西。东关桥，望文就可以知道，它在城关以东。

东关桥，建于公元1145年，也就是南宋绍兴十五年，与泉州登上中国历史舞台的时间相近。自永春到泉州公路修通，曾经作为水路交通要道的东关桥，就安然成了旅游景点——可能也是永春县历史文化最悠久的一处景点。

1734年，永春与龙岩一道成为直隶州，原因是俗悍民刁，事务繁杂。后来兵荒马乱，世道黑暗，无数永春人逃离家乡，过码头到泉州，漂洋过海，漏夜下南洋。如今，祖籍地是永春的侨胞数量，比全县总人口两倍还多。

小时候，总会路过侨亲立的一块碑石，上书"月是故乡明"，当年似懂非懂，不明所以。那是一条通往镇上集市的路。我经常为了吃一碗花生汤，或几块勺子煎，跟着外婆舅妈去赶集，不顾人挤人的水泄不通，和有关人贩子的恐怖传说。

五个宋体汉字，每个一尺见长，上了朱漆。石碑没有挨

枯水期的桃溪 2017@ 福建永春

着房屋村落。不远处倒有座小桥，闻得见水声。总之，它就那么矗立在桃溪边的山路上，还真有点儿游子望月空落落的意思。那云灰大理石，我摸上去，总是冰凉冰凉的。

童年的桥

我家离桃溪很近。

只要过了桃溪，对面就是外婆家。桃溪拐了U形弯，从外婆家再跨过一次桃溪，又是更远的世界。

我在对岸的外婆家长大，时常要跟大人踩着丁石来往，那是还没有桥的年代。

说是踩，不如说跳，也有一脚踏空，站不稳进溪里的情况。好在溪流并不湍急，只是容易弄湿鞋子衣物，这样的小事，比掉落水里的大事还折磨人。

落到水里，大不了脱了鞋，光着脚，踩来踩去。细沙抚摸脚底，水流像调皮的小孩，不停搔脚后跟，很可爱。

也有难度系数小、安全指数高的过河方式。人们并排上几根没有去皮的杉木，横几块木板，敲上钉子加固。以石头或沙包作为桥墩，将它们拼在一起，一座简易木排桥就架设成功了。

这种过河方式,只适用于没有涨水的季节。到了夏天,洪水多发,木排桥岌岌可危,随时可能被冲走。到头来,还是踩丁石比较方便痛快。

放学回家,有时候过到对岸,还会倒回来再跳一次。那会儿可没什么"中二病"的说法,只是有种拍马冲到对岸,杀完敌又得胜归来的快感。想来,这也是最简单朴素的、征服了大自然的天真得意。

对岸有什么呢?偶尔冒出来的老汉的黄牛、阿叔的鹅鸭,其他什么也没有。

再不然,也可以寻找那些天然的、暂时路过的石头,如同挑选颜色不同的跳棋珠,连起来就是一条自己的路。至于晃晃悠悠的木排桥,还是留给肩挑重担、手推大"永久"去水电站磨薯粉的大人们。

那个年代,桃溪流域早已修建了众多小水电站。每隔几里,各乡镇就有拦水筑坝、引渠发电的。河坝上也有水泥浇筑的方形丁石,方便两岸民众往来。

修一座桥

有一年，大概所有人都觉得，是时候修筑一座桥来连通两个角落的同姓氏族了。一座名为"洋桥"的水泥桥，就这么出现在我的记忆中。在桥上，可以平视以前爬不上去的、刻有"南无阿弥陀佛"镇风水的大石头。桃溪水从雪山奔流而来，流经三十公里以外的县城，汇入晋江，入海而去，小小少年看在眼里，耳里听到的是大江之歌。

溪水清澈，可以看到游动的鲫鱼。它们群集而行，遇上小股激流还会翻腾跳跃，在阳光照射下，闪耀着迷离的银色光泽。

好几次捉鱼都是一时兴起，什么工具也不带，捕捉到的鱼，就丢进沙洲上刨出的水坑里。兴奋于捉鱼的游戏，往往能玩上个把小时，我们都没有注意到，上游远远漂来的白色泡沫——那是上游水坝放水的信号。不要指望人们互相提醒，等到有人反应过来，水已经没上了膝盖。

"鱼！鱼！"

阿宝惊呼。溪水还是溪水，只是沙洲不再是沙洲。

我在桥上，看见上游漂来过许许多多奇奇怪怪的东西，有野芋、野姜花、梭鱼草，还有扎根不牢的松柏杉竹。有那

一树梨花 2018@ 福建永春

么几次,我还发现了埋伏在水中的簸箕甲(银环蛇)。我捡着小石块,居高临下投掷,无一命中。待它游过了桥孔,我赶紧跑到另一侧,继续发射炮弹。但最后只能目送狡猾的它,扭动着身子,快活远去。

"便宜了这妖精!"

我悻悻地回家,就好像错失了一次为民除害的机会。

即便有了桥,洪水的威力依然不可小觑。有那么几次,赶早上学的我,走在洋桥上还是战战兢兢、双腿发软。洪水几乎漫到了桥面上,挂满植物杂草和塑料袋子的栏杆,也跟着发抖。我只得一鼓作气,以冲刺的速度狂奔而过。

几次大的洪水,我没有亲历。大水与桥面持平,吓坏了上学路上的妹妹。父亲就发动飞鹰125摩托,带着吓哭跑回家的她,绕道,从下游的单孔石拱桥过河,去上早课。没有人对她的迟到感到奇怪,那样的天气,家在对岸的学生,即便不来上课,也不足为奇。

消失的桥

小学读完升初中,读完初中上县城。伴随着童年的远去,水域的污染，鱼群的消失，这座水泥桥就很少出现在我的生活中了。2010年，它被一场洪水冲毁。

洋桥的存在，不足二十年。

这件事，比生源锐减、小学校舍被改成雨伞厂、百年校庆时因风水的关系中学换上新校门……更让我有感触。

平缓流淌的溪水，永远碧绿。下午课上打盹走神，突然被炸鱼的响声惊醒。桥上某个积水的角落，慢慢被苔藓所覆盖。带回家的野姜花，花瓣圣洁，如暗恋女生的白裙，香气扑鼻到不忍多闻。还有外婆带我、父亲载我走过的路。

有很长一段时间，我没有真的想到过，至亲终会失散远走，而且一去不返。例如人患病、生事故、起意外，大大小小。在时间与流水面前，桥不至于千疮百孔，却终有它自己的命运。

乡民表示了极大的愤怒。

上游两三公里的新桥，造得比洋桥早，一样的构造，它怎么就平安无事了？洋桥的坍塌，可能是偷工减料所致，先天不足，桥墩不稳；也可能是设计失误，桥面过低，洪水冲击力过大，桥身随之夭亡。

无论如何，大家还是接受了桥毁的事实。

几年后，人们重建了洋桥，还是水泥浇筑设计。这一回，桥面上升了两三米，导致连接两岸的路面也抬高了许多。

再经过洋桥时，我怎么看它都觉得又窄又小。这不再是我走过的、记忆中的那座桥。

我还清楚地知道，有些东西，甜蜜与酸涩，跟着那场我不曾眼见的浑浊、汹涌和愤怒的大洪水，一起走了。往东，向南，有点儿咸，带了苦，汇入早已浑浊发黄的海峡。

最好笑的，恐怕是此时此刻，我居然想起了周星驰在《赌侠2》中的一句台词：

> 举头望明月，London bridge is falling down（伦敦桥要塌下来）。

闽南民俗走火把 2018@ 福建永春

我来到了潮州

游子啊,你撒了一把盐

铁路大提速,别的城市恨不得在东西南北中都修高铁站,好吸引更多来客,打上一桌麻将。粤东潮汕揭三地,只有一座田间的高铁站。车站坐落在潮州、汕头、揭阳三座城连起来形成的一个三角形的正中央。

潮汕揭不同于武汉三镇,后者是大势所趋,最终走向了融合。时代变革的力量,并没有作用到这片土地上。辖区内的市镇,各自为政,各展其能,离心力本来就强。数百年来,同福建沿海或温州一样,出去闯荡的潮汕人又有许多,人口外流严重。再加上潮汕虽然靠近珠三角却无法在经济上追赶珠三角城市,同样难以从香港或台湾分到政策红利。

闽南与潮汕,渊源相通。一直以来,受地理交通、省域划分等原因的限制,厦漳泉与潮汕揭的联系,远没有想象中的积极紧密,区内不同城市也是各自沉浮。唯一相同的,是调性。

过去三年，我在潮州、汕头、揭阳以及汕尾之间跑了好几趟。这片地方，与我成长的故乡有太多相似。从方言到信仰，从戏曲到传说故事，从老街巷到开元大寺，古树、古塔、古井、古桥，还有喝茶、烧香、拜佛公的民间习俗，确实同根同源，身处其中，称心顺遂。

塔岗村的似水流年

潮汕站往南，不过五分钟，列车要跑一条长长的黑暗隧道。

出了隧道，右手边车窗外，有一座孤零零的石头山，被遗弃在田野的尽头，那就是塔岗山。上面奇石嶙峋，树木丛生。塔岗山下的塔岗村，据说是块风水宝地。

飞快的列车，迅速带过绿色的田野、三四层高的民楼、吐着浓烟的工厂，还有风平浪静的榕江。它们逐一对照着《似水流年》中出现的渡口、池塘、田塍、古厝、老树、怪石、大山……一切都被凝固在了电影胶片里，获得永恒。

电影主要取景于揭阳的塔岗村，1984年，这一片小村庄还属于汕头管辖，如今已是交通便捷的近郊。

塔岗山下的老房子，有不少已经倒塌。橘黄色的马缨丹，成片生长，子孙兴旺。它据此地为家，更大大方方，欢迎着夏虫的拜访。山墙瓦楞上，挺立着许多纤长的多肉植物，头顶团状朱红小花。这棒叶落地生根，沾点土，附些灰就能存活，生命力极其顽强，人们又管它叫"不死鸟"。

从村子去渡口的路上，我看到怪兽般的化工厂和石材厂已经包围了这个地方。《似水流年》里，旅居香港的主人公清明返乡祭祖，这片乡野正是他的归处。

那时候，村子充斥着温润朴实、田园牧歌般的水乡氛围。山上有巨石，村口有古树。古厝低矮，耕田延绵，望不到边。尽头处，好似有薄雾与炊烟，年年月月日日如是，如定格的照片瞬间，不会变改。

《似水流年》不为人知，又有太多神奇之处。它是属于真正被创作出来的那种电影，无法复制。由于长时间没有正规音像制品发行，坊间又流出一个修复版本——连严浩导演本人都不知道是什么情况。如此一来，它被淹没在不算久远的电影历史中，也不难想象。除了梅艳芳与张国荣都演唱过的电影主题曲会不时地被提起外，近二十年间，《似水流年》几乎没有产生回响。

塔岗村的野花 2015@ 广东揭阳

电影与政治无关。结果为了拍摄这部片子，幕后团队里的潘恒生、张叔平等人却不得不用化名，影片甚至无法参加金马奖的评选。电影与个人有关，可片中的潮汕，不是任何主创者或主要参与者的故乡。导演严浩在香港，编剧孔良在广州，女主角之一的斯琴高娃是蒙古族，另一个女主角顾美华是第一次参演电影，配乐喜多郎，干脆就是一个日本人，还用上了电子音乐。

电影取景地仍不为人知，《似水流年》却成为表现潮汕地区人情风物的电影中的代表作，更害我"错把他乡当故乡"。要知道，关于潮汕或闽南的影像，在中国电影里是少得可怜的。这种情况，一直持续到今时今日。被冷落的乡村，迈向城乡接合部的火柴盒房子，它们被推倒又建立，连擦着了火的声音都没有。

无论是对潮汕风情的高级捕捉，还是对广州的蜻蜓点水，《似水流年》不仅记录下了彼时的政治氛围，也预见了乡村的不远未来。乡村和乡村所引发的记忆，终会变成游子的离魂。消逝的东西变成影像现实，吊诡地印证了三十年后逃离都市、回归田园的潮流。

如果把这部电影拆开、打散，它的每个版块，好像都不太对。无论普通话配音还是粤语版,《似水流年》的语言(普通话、潮汕话、粤语),没有办法达成形式上的统一。按照人物设定,斯琴高娃和顾美华应该使用潮汕方言对话。它讲的乡愁,用的却是日本人的曲乐。老影评人也指手画脚,认为用"月光月梭朵"的乡谣,搭配些民族乐器,会更符合南国气韵。

> 心中感叹,
>
> 似水流年,
>
> 不可以留住昨天……

那个难以回去也无法重现的南国,这部电影找到了。

20世纪的尾巴

"就这边,还有后面那一片。当时汕头盖完这片楼,然后就停掉啦!"

天台上,华哥指着不远处二三十层高的建筑,同我讲道。

它们和汕头这座城市,像壁虎的断尾,一度蹦跳,却停留在了20世纪,恍如昨日。许多人,包括我也经常忘记,汕头还是经济特区之一。

汕头老城以小公园为中心,往升平路、安平路等方向放射开来。骑楼造型华丽,风格多变,无奈因年久荒草丛生,比想象的还要衰败。沿街到处可见残缺的楼额、断裂的墙体、脱落的浮雕,还有破碎的花窗。许多树浑然不知,冲破楼房,组合在一起,令我惊奇。

偶有几道垂挂的招牌,上写"百货大楼"或"永平商场"等字样,褪色的字迹,累累的锈斑,对着亮起的街灯,老态龙钟,已经讲不动几十年前的热闹故事。

很多老城,至少还要做做样子,整顿街面,使它们披得新装,沾点洋气。汕头的骑楼,要么忍受风雨侵袭,自行坍塌,要么就被挂上"危房勿近",警示路人。据说眼前的停滞和"永远在等待",已经持续了好多年。路过一处小巷,不知哪里飘来一首《千言万语》,听得心生倦意。

绕出老城,我发现已经走在了海滨路上。天色已晚,夕阳的方向是西堤公园的方向。榕江在塔岗村,拐过最后一道弯,径直往下,汇入南海。眼前景象开阔,霞光万丈。人们用投入的眼神,欢送着远航的货轮。

破旧的小公园 2015@ 广东汕头

《似水流年》中，珊珊进城跟香港的妹妹通电话，那座石头外观的城镇，就是今天的汕头达濠。在市区随便搭趟车，过岩石大桥，往南再跑一段就能到达。

达濠远不如凯里的卫城，是一座小到不能再小的古城，号称全中国最袖珍的城池。焦黄的墙体，硕大的条石，这座为海防卫戍留下来的古代城池的防御能力，实在难以想象——边上的两层居民楼都比它高，就连木棉树和火焰树都探过头来，取笑它。

城中有一家濠城影剧院，大门紧闭，台阶上有个俯首抱头的人，只是坐着，一动不动。我突然想起九份升平戏院，还有戏院门口的《恋恋风尘》海报。

环绕古城街巷的，无非是沿街的摊位、往来的学生、来去的摩托，繁华喧闹。邓厝巷的入口，挂着一副对联：泰山毓秀，海国长春。横批：烟光凝紫。似乎出入这道门，就能在这字词下，被唤醒古早的诗意。

还有葛洲村的鸦洲宫，电影里的双胞胎白须老人，在山下修炼气功。一棵大树，压在乱石堆叠的山冈上，不见其他树木生长。如今，小庙翻新，草木正盛，绿意覆满了山头，不负当年过客。叶落归根的游子侨亲，筚路蓝缕以启山林的电影人，见证了这片土地的长生不老。

我来到了潮州

汕头往北是潮州。

潮州有个西湖，形状狭长，我误入其中，倒觉得不如改叫"瘦小西湖"。潮州城小，挨着牌坊街，街巷最密集，江边如一副鱼骨架的地方，就是老城区。

小小的西湖公园，成了老城与新城的分界。岸上绿荫浓密，湖面水光潋滟。逛得累了，我在涵碧楼对面的老字号，点了一份牛杂。

这份牛杂令我记忆深刻，却与美味无关——我等了它足足有五十分钟。更离谱的是，周围所有人都在等——默契十足，一直等到昏昏沉沉，连摇头的风扇都越摇越慢。

那一天并不是节假日，也不是晚餐高峰。若在大城市，遇上这样慢手脚、低效率的店，顾客早就发飙离去。可在潮州，时间这玩意儿不值钱，当然也买不来服务意识，所有人只能默认并纵容它的慢。

差点忘了，那份牛杂只要20元，量大、料足、对味。

身在潮汕，朋友也带我逛夜市、吃大排档，还有不可少的牛肉火锅。小吃打冷，白粥海鲜，做法变化之多，吃在潮汕，绝非虚言。没来过的，实难想象。潮汕菜暂为我个人的中华料理第一强。

沿环城西路往东，走不多远就可以到韩江边上。韩江这名字，是用以纪念被贬潮州做刺史的韩愈（虽然他在任时间不满一年）。韩江上游的名字，同样诗情画意，即琴江与梅江。

韩江水面宽广，横着一座造型奇特、复杂多变的湘子桥。桥由东西两段和中间浮桥（十八梭船）连接而成，可开可合。我在最早的一批潮州老照片上见过湘子桥的风采，桥上有人住，桥墩有铁牛，还有大榕树。不愧是四大古桥，古香古色，别有气势。

如今的湘子桥，连同广济门城楼一起，被修复一新，辟为景区，还收门票，晚上索性封闭不开放。当风景都不再是风景，没有了行人经过、旅客流连的桥，它还是一座桥吗？

还有个亮银色牌匾，上写：湘桥春涨。这是厦门人民最喜爱的潮州十大旅游景区之一，真是意味深长。

小城中 2017@ 广东潮州

名字很美的遮浪

潮汕站一直往南走，约一小时以后就会抵达汕尾。它也就是历史课本上名气更响亮的海陆丰。

汕头与汕尾，看来是个呼应。然而，"尾"在闽南语中，书面命名也惯用"美"字来代替。或许，这也是很多人认为叫汕美比叫汕尾更好听的缘故。纯朴的一厢情愿，总归是可爱的。

我之所以要去趟遮浪，真不为别的，只因这海边小镇的名字太好听。遮浪，更胜于中原山阴、舞阳之类的好地名，别有一股日漫里的东瀛风。汕头那边的南澳岛，据说景色也好。可是，叫南澳的地方未免太多，深圳有，福建平潭也有。

遮浪是一个从南方大陆伸出来的狭长半岛，核心景区形状有如小尾指，又名红海湾。遮浪镇只有两条并排街道，一条是省道，也是主干道，两边是模样看上去都差不多的酒店、民宿跟饭馆。杂货铺挂着廉价的泳衣沙滩裤，小摊的红色塑料椅和户外折叠桌歪七扭八。走得懒散的游客，偶尔停下来买一杯奶茶水果冰。另一条叫南澳路，行人不多，只有车子。

人们游泳、踏浪、拍照，也有连成一排的四轮沙滩车，斜在路边。除此以外,这里就没有其他游玩项目了。遮浪不是一个热闹的地方。赶上强烈的海风或毒辣的太阳,每个人都不太想说话。

夜晚,后生仔三五成群,打开手电,开始抓招潮蟹。几束光柱,摇起又落下。这边有人喊着:"抓到了。"片刻过后,那边也回应起来:"这里好多个!"黑影子们显露出喜形,往塑料提桶集拢,又吸引来更多好奇的看客。

跑得飞快、无影无踪的横行霸王们,此时已经张皇失措,挤作一团,无处可逃。有个家伙抓起一只小蟹说:"太小啦。"话音未落,那只幸运的小蟹,就被丢回哗哗的潮水中。

追捕得差不多了,光着脚的也累了。烧烤区升起一道亮光,不断传来叫唤声。一看时间,原来都十一二点了。

白天,我绕过妈祖路,到元帝宫。本地居民,大多聚居在游客区后面的村子。海边停泊着讨海人的渔船,今天休息。拐过几个路口,那里终于有了可以取款的ATM机。

半岛另一侧是南海寺,可以看到许多天然的壮观的巨石,巨石胡乱横陈,自成阵势。目力所及,只有惊涛骇浪的海,用涌动的宝蓝色,拍打出泡沫的白,搅动着礁石的黑。还有地中海风格的石头围柱。

海风吹过，广府来的游客团，正在大声嚷嚷，争执本地方言、潮州话还有普通话的差异。

我同遥远的北京朋友说，这里很适合拍上一部电影，不需要像十年前的《金碧辉煌》那么沉重。她说，知道啦，像《风柜来的人》。是啊，那群年轻人没有坐船去高雄，永远留在了澎湖。

时空错乱的八两金

汕尾再往南，很快就能到深圳。即将建成通车的深茂铁路，会把高铁线一直连接到粤西的茂名，甚至更远的湛江。

张婉婷在浅尝辄止的《八两金》中，一上来就出现了匪夷所思的地理知识疏漏——飞机降落汕头后，窗外飞出了广州火车站的标语；粤东的汕头到江门台山，居然是顺着河道，摇一趟小船就能到的。如果《似水流年》结尾的木筏，尚还关乎海外游子的漂泊意象，那《八两金》就确实搞得太像衣锦还乡，自己先行时空错乱了。

电影结尾，在半山腰处露出了一截龙头船。超现实的画面，凝聚了香港精英对于内地故土的想象，将主旨一下子拔

遮浪的海边 2017@ 广东汕尾

数字人生 2016@ 广东潮汕

高到了表现世事变幻、沧海桑田。

倒回影片开头的玩笑，空乘小姐说，气流吹到汕尾去了，回收下大家写遗书的纸和笔。一老头接着讲，朋友去西安，一趟飞机就写了三次遗书。

头回看，我以为只是没心没肺的调侃。后来觉得，无论主动还是迫不得已成为侨胞的那批中国人，他们清楚地知道，肉身的自己与精神的故土早已永别。

三十年时间很短，但"变化"是中国的代名词。号称胖子中身手最矫健的洪金宝，在电影里脸上有肉、满面红光，被唤作猴子。还有片名《八两金》，如今成了一个谐星的名字。它们都是因时光流转而改头换面的浅显案例。

《八两金》取景于江门市的开平和台山，耸立在田间的碉楼，巍峨奇特，如海外游子以不可思议之方式，从异域寄回来的天地玄黄的信物。盛放的木棉，点燃了春天的匆匆脚步，也烧着新嫁娘的美衣裳。

齐豫在《船歌》里唱道："船儿摇过春水不说话呀，水乡温柔何处是我家。"彼此到底是无言还是难言，似乎都不重要了。那早夭的爱情，是八两金子打做的项圈。

姜文《让子弹飞》里的民国碉楼城堡，一度炒热过这块地方，但姜文醉翁之意不在酒，因为到了《一步之遥》，电影的取景地更像虚假的舞台布景。张婉婷的中国乡愁却歪打正着，它用虚构的想象，完好无损地呼应了眼下人们对乡土风景的追忆。哪怕只间隔三十年的时间，扯沧海桑田这样的大词，也不觉夸张。

不知为何，这些来来去去的游子，让我想起了五条人歌里唱的无名人：十四岁就瞎了眼的老盲人，1933年死于香港的陈先生。它们如同榕江边停靠的废弃巨轮，搁浅在草丛与垃圾堆中。抛落的铁锚，无意撞着了时间的尸骨，泛起一股恶臭。

而在电影里，一切都是干净明丽的。所有汹涌的记忆，像那河堤背后的榕江水。你看得见帆船高高的桅杆经过，孩童高高的纸鸢在飞，所有你怀念的人、事、物，近在眼前，可以感知。

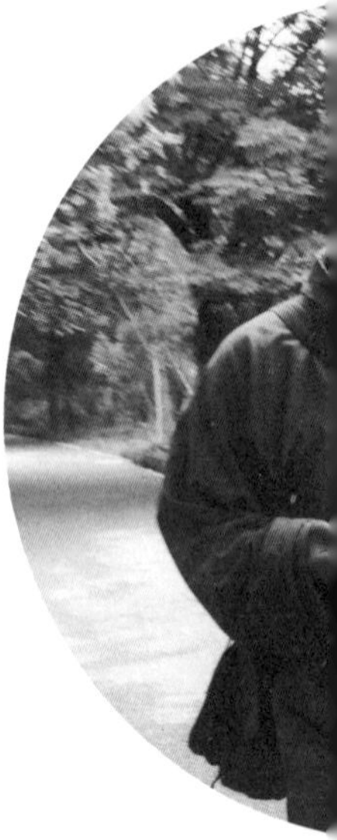

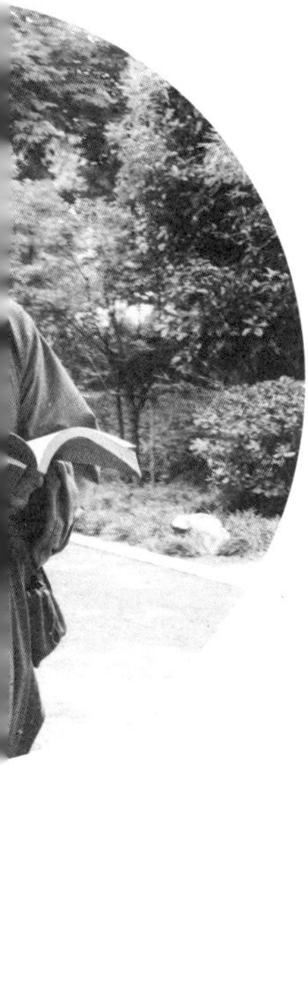

许多个西湖,和一个之江

最吓人的鬼故事

台湾电影《目击者》,以一个"鬼故事"作为结局。

说小明从小就喜欢集鬼故事,有一天,他到专卖鬼故事的书店,想找一本最可怕的。老板拿出一本,说:"买可以,但千万不要翻到最后一页,因为最后一页,最可怕……"

小明说:"我要买。"

老板说:"1000块。"

买了书回家的小明,还是没忍住,直接翻到最后一页。

上面写着——建议售价:15元。

鬼故事吧,信则有,不信则无。但没有人,哪儿来的鬼?有那么一个地域,有那么一群人,他们的生活只有正能量,只有阳光,你信不?

能把有关杭州的回忆,跟鬼故事扯在一块儿,就连我,都不知何故。在这座城市有过许多美好记忆,却也伴随着遗憾、失望和恐惧。

我大学选修了心理课,老教授第一堂课,讲宝石山上有几块大石头,石头高低不平,二十年前,他和朋友游玩时曾爬到高处,友人轻松一跨,就去到了另一个大石头上。他也很想一试,却根本迈不开腿。最后,在大石头上直哆嗦。

老教授说,这就是心理问题。后来,我去了宝石山,一直在找那个大石头。有那么几个巨石跟飞来峰似的,有人猴子般爬上爬下,我是真不敢上去,怕一上去,也跟老教授一样受惊、恐高。后来,连自己都好奇,我到底是不是真的恐高,为此还专门去走了高空悬索桥。

从滨江、良渚到西溪天堂,几次回杭州,都像发现了新天地。我的不适,很大一部分,竟因为它越变越好。旧的印象荡然无存,如今愈发陌生,好比时隔多年遇见当初的热恋对象,却认不出来。

定向越野课的沼泽,变成了被保护的湿地;自己钓着玩的小龙虾,变成了风靡全国的美味盘中餐。鬼知道这十几年间都发生了什么。

杭州这几年,也是除了北京、上海以外,最热衷于举办影展、论坛和研讨会的城市了。不太好的是,主办单位的问题错综复杂,举报之风兴盛。我听到的叫停事件,不下十起。

下雨了 2013@浙江杭州

樱花王 2015@杭州西湖

搞得来杭州参加电影活动，都战战兢兢，像参加非法集会。果然，还是有鬼。

校园时代，我管理FTP（文件传输协议）站点，资源源源不断，每天要删掉几十个G的电影。有个东阳的朋友神神秘秘地告诉我，有个名为"恐龙"的FTP，上面的电影多到不可能下完。那是一个贪婪的年代，我们想把一切没看过也不了解的东西，拷贝到自己的电脑上。只要进度条在跑，我们每天醒来都会安慰自己，我们还与这个世界保持着联络。也是在那个时候，我推开了电影的门。

后来在HAFF（杭州亚洲青年影展）的银幕上，我看了几部小川绅介的纪录片，尤其是《三里塚：第二防线的人们》和《日本国：古屋敷村》。惊叹之情，全然不同于观看本土纪录片时所发出的"原来中国是这样的"感叹，我为之震惊的，是一种全然不同的电影形式，同为这个星球上的人类目击者，小川导演居然可以把纪录片拍成这样。直到几年后在电影院看《阿尔及尔之战》，我才找到好的纪录片影像所带来的熟悉的震撼。

记忆犹新的，还有用眼神萌动的新生儿图像做的影展主海报。人们所能想到的，是新生儿在看电影、看这个世界。

我却想，他/她面对的，应该是一只巨大的恐龙。这头恐龙，可能是活物、是模型，也可能是化石。婴儿与恐龙的意象，来自戈达尔的《轻蔑》，来自戈达尔和弗里茨·朗在某部纪录片中的对话，也来自马力克的《生命之树》。

20世纪30年代，在沈西苓的《船家女》里，杭州是诗情画意的纯真天堂，上海是物欲横流、道德败坏的声色场所。再有史东山的《奋斗》，乡野田园里的欢乐追逐，湖面上的波光潋滟，都是杭州银幕形象的代表。

杭州城市美，旅游开发也不错。最近十年下来，留在电影里的杭州影像，却大多不尽如人意。像王超的《重来》、肖风的《岁岁清明》、曹瑞原狗尾续貂的《饮食男女：好远又好近》，还有陈凯歌大崩盘的《道士下山》——即便里头的杭州与西湖都是假象。当船沉入西湖底，冒出一堆阿修罗之类的石雕巨像时，这部电影就真的开始见鬼了。

到头来，你在一部电影里所能怀念的杭州，不过是一些地名，北山路、南山路、岳坟、曲院风荷、滨江、城站、西湖隧道、钱塘江大桥，还有时隔多年，喊话依然超大声的公交车。而这些，一部"微电影"，一套风光形象广告片，都能满足你。

到头来，相关部门最乐意看到的讲杭州的电影，还是带来无数游客的《非诚勿扰》。

许多个西湖，和一个之江

有一年，我和几个大学同学，回了杭州，开着车，绕着湖，跑了一圈。夜色下的西湖，不见人影。我感觉很陌生。

湖变了吗？

是我们变了。

我见过西湖的晴、夜、雨、雪，我在这里恋爱、通宵、等候春节归途的K163列车。

杭州姑娘讲，她们中学刷夜，不知何故，一伙人跑到了黄龙洞。妖风阵阵，林下漆黑，伸手不见五指。大家尖叫着，互相吓唬对方，也振奋精神。她是又害怕又惊喜，无缘无故地笑。寻常的往事，快乐的回忆，都写在了她脸上。我在垦丁社顶公园的夜色小路上，回想那一幕，发现自己也笑了。

有个跨年夜，我拉上了她的手，沿北山路、苏堤、南山路、湖滨路，绕西湖走了一圈。最后发现，我们的手都有点儿分不开，不是紧张，也不是永世不分离，而是大冷天，冻

雨歇 2014@ 杭州临安

得僵硬了。天真的我们，就没有想过，把手放到某个人的口袋里。那时候，拉手是迫不及待的，要让周围人还有西湖作证。绕湖一圈，也是证明。

西湖不只承载了无数浪漫爱情的想象，它还是一个归宿，承载悲欢离合。从市民到游客，从外宾到流莺，西湖一概不拒。

我的记忆里，有许多个西湖，它们存在于平行的世界。每一个发生过的故事，都不太一样。其中有个西湖，是属于父亲母亲的。

  父亲生于1956

  母亲生于1963

  我啊，生于1984

  我们一起到了杭州，2002

  回去后

  他们告诉镇上所有人

  杭州有美丽的西湖

  只有我知道，他们从没有去过西湖

  中国有三十几个西湖

有那么一个

西湖

是我永远也去不了的

坐拥西湖的杭州，四时风光不同，流连忘返几十景。我在杭州生活，感觉是冰火两重天。夏天杭州是当仁不让的"新三大火炉"之一；有一年冬天，冷到要在脚上裹毛衣。

冯小刚的《唐山大地震》盯上之江校区前，我就喜欢这块地方。我还有一点儿私心，把之江当作了精神上的大学。大学校园就应该是这样的：小小的，有树、有花、有带颜色的房子，礼堂曾是教堂，校园边上有塔，神秘的山，无人的篮球场，有历史感的铁路桥，还有农历八月十五后的大潮奔涌。

在浙江大学的其他校区，我看过被爆破的湖滨主教学楼，在华家池跟人约过饭，后来回西溪，留学生食堂还没涨价。我还从玉泉的老和山，一路攀爬，到了北高峰。最伤人的，大概是紫金港的树，它长大了，我却没有变高。唯独这之江，是我回去次数最多的地方。

我在钱塘江大桥上，骑单车来回。大桥两边的非机动车道，如故意虐人的赛场车道，只容得一辆车单向行驶。所以，

如烟 2015@ 浙江莫干山

要么是电动车被自行车压制在后面,要么就总感觉,背后有个人要随时踢你屁股一脚。然后,还要小心正在摆拍的游客、路人、自拍杆、V字手势和过于投入的情侣,容易引发小型车祸。

桥上的风景,变化不大;桥下,还有火车经过。来杭州求学,火车没有经过这座大桥,但我一厢情愿地希望,在通往更大世界的路上,我经过了这座工期三年、建成后三个月就被炸掉的传奇铁桥。

我从来没有喜欢过打牌,除了那年夏天在之江招待所。五六个泡论坛的朋友,一块儿到之江郊游。那趟郊游,应该是有拍照和游戏打闹的节目。如此不确定,是因为后来并没有留下任何照片,至少我手上没有。那时候,手机还不能上网,也不能拍照。我异常清楚地记得,我们打着牌,从下午有阳光的草地,一直打到了有鬼故事的房间。再回之江,我似乎在一个虚拟的取景器里,回放了这一切。当天灿烂的阳光,是天底下最好看的滤镜。

我已经忘了,那个走出房间的鬼故事,到底是在讲什么。是跳绳的小女孩,还是527路公交车?但我记得,搞事的小钟,声情并茂地讲到结尾处时,突然把手伸向前去,抓住了小姚的脖子。走在最前面、沉浸在故事中的小姚,发出了可怕的尖叫,吓坏了对面一个晾衣归来的同学。显然,那个以肢体动作结束的鬼故事,没有吓到听故事的任何人,但迎面走来的那个人,被吓得不轻。

走在之江校区,我又回想起有长有短还有连载的鬼故事。它们从没有发生过,它们又真的存在过,在这个世纪的最初几年。

就连那辆带我来之江校区的共享单车,好像也适时出现,像个电影道具,帮我回到过去。我说过,共享单车的最大意义,不在共享,不在免费,也不是消灭了"偷",而是让自行车这样事物,重新回到了我的日常生活之中。所以,那个单车少年,那辆十七岁的单车,那些被偷了自行车的人,还有鬼故事们,它们又全都回来了。

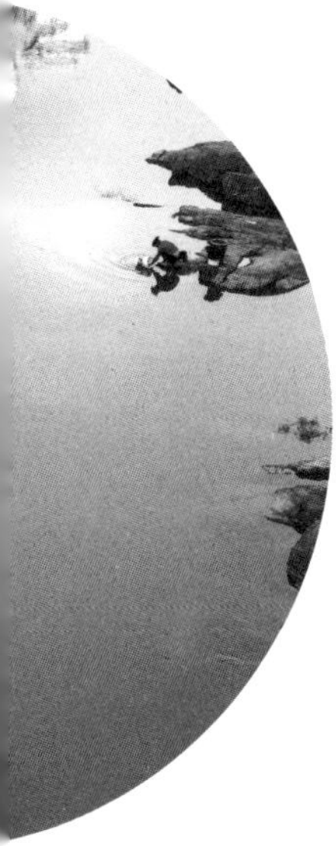

那年暴雪，我在湖南

那年暴雪，我在湖南

北京奥运那年，我用上了笔记本电脑，台式机下岗，就地解体。卖了显示器，机箱送回家。对多数人来说，它早晚变作废铁，连被当作老古董调侃的意义都没有。

最重要的机箱，是一个大铁盒子，抬起来比搬砖还累。颜色是后来流行的太空灰。机箱边上，贴了胶纸，写着我的大名，还有手机号码：13588××××××。打×无关隐私，号码后六位，努力想了很久，抱歉，真是记不起来。

为了玩《魔兽世界》，给它加过一条256MB的内存。长时间开机，显卡风扇坏了两次，后来索性换了一颗"大心脏"。铁箱子积了许多灰尘，原封不动保存着几十个G的影音图文。有几次，在那个空房间的角落看到它，孤零零的，好像里面还住了一个2008年的我。

外地人

抬着铁箱子,我从杭州回到了泉州,又从福建到了湖南。

我对铁箱子发过脾气,它从不回应。我曾怀疑、抱怨,对人生失望,人生又教给我许多道理——要像铁一样沉默,还有坚硬。

湖南那半年,我住益阳,经常去长沙、常德,还去过一趟张家界。

旅游淡季的山头,起了大浓雾。步道走着打滑,不敢往深处走远。听到对面有人嗷嗷大喊,我也吼回去,十分尽兴。后来心想,那可能是山谷的回声。喊话人,兴许就在前后方不远处,而不是对面山的朋友。

山下黑餐馆也不客气,戏法般拿出了天价菜单,打算对这外地游客一通宰杀。我们识破圈套并跟对方起了争执,没打算吃,但也不想就那么走了。没有个说法,也得有个态度。

那一年还发生了一件重要的事情,我学会并爱上了吃辣椒。

第一次接触炒辣椒,其品相油亮,入口呛辣,不失为一道取材方便、干脆麻利的小炒。我只是无法想象,闽南乡亲

没带伞 2017@ 湖南长沙

会怎样评价这道只有辣椒的菜。尤其是舅舅们，连个头喜人的大青椒都不爱吃，餐盘上冒出来一丁点红辣子，就不想碰那道菜了。

辣椒之外，湖南的日子不咸也不淡，好似遭遇出乎意料的迷雾，也只能放慢了速度，毫不着急慌张。路上听得最多的几张电影原声带，是《千年女优》《刺杀神枪侠》。

旭春讲过一个事情。他从益阳到长沙，坐某旅行社商务车，近三小时的车程，一路昏睡。醒来，车停靠在路边，驾驶座上的人变了，问："车费给没？"答："没给。"他说："没给就不用给了，给了你要回去……"他半天才反应过来，赶上了交警查车，司机非法运营。

每过一年，多一道山。山不高也不低，挡住了来去。十年好像只是在同一个键盘上，敲敲打打，就这么爬完了。

我和女友住在桃花仑上坡处的老小区，路口的小饭馆，门前置一大炉桶，火光冲天，油烟凶猛。马路边、地板、外墙还有天花板，被熏得一通黑亮。每隔几天，我们都来这里点上一份土鸡煲。鸡汤鲜美，消解积郁在体内的寒气。

上了坡，我们叫唤着一条名为QQ的独眼小狗。看它从树底下，还是车棚里头跑出来。QQ的牙齿"地包天"，样貌寒碜好笑，但天性喜人。过了几个月，见不着它，就听说儿女成群了。

益阳城市建筑老旧，那年正闹雪灾。冬天尤其阴沉，令我想起了脏旧的县城老家。人们穿着厚重的御寒衣物，身躯臃肿，行动迟缓，昏沉似野兽。商场门口的马路最是拥挤，一不小心，就要踩上堆在一边的砂糖橘，还有别人削好的爽口马蹄。

沿桃花仑路往西，过资水，记得边上有个白鹿寺。我一直想去看看，相比了无生趣的商场广场，待在有香火的地方，可能更有活在人间的意思。

但直到离开益阳那天，我都没有克服那不成障碍的障碍。白鹿寺，我终究是没进去过。

中国的县城都差不多一个模样

忧郁内向的沉默少女林森，踩着没有任何辨识度的自行车，一次次地，穿行在县城冷清无人的街。阴雨不断，制造了水汽与潮湿。夜色延绵，构成了全片的黑暗影调。

林森用肥大、完全掩盖掉身体性征的运动装校服，套在了紧身牛仔裤上。她像偷东西那样，熟练地完成着变装。

平行于大城市县城的青春故事，见证了情感的冷漠，还有一段又一段充斥着被拒绝、被侵犯和被伤害——没能得到任何温暖回应的独自成长。

《笨鸟》最吸引我的，是益阳所辖的安化县城风貌。你可以想象得到，任何一个非沿海发达地区的县城，它应该有一个人不多也不少的中巴车站（当然是春运节假日以外的时间段），有城中正在建设的成群楼房，有一座可以俯瞰风景的古塔和人造风景，跟任何县城的样貌大体一样。

这个县城，应该也有看上去没有生意的小店。无精打采的老板，到了半夜12点还不想打烊——他大概是忘了时间吧。出县城不用走上太远，你就可以在路边看到农田、果园，或者堆满了建筑垃圾的荒地。名为城乡接合部的东西，随处可见。

电影里的县城，几乎不见阳光，被雨水和雾气所包围笼罩。沉浸其中，长眠在南方人体内的湿冷极易被唤醒。你习惯了每天会有飞机从天空中划过，可就在你毫无准备的那一天，你的身体意识，突然在一抹并不强烈的阳光照射下，觉醒了。

《笨鸟》采用真实、不加干涉的纪实拍摄手法。从实际经验来说，无人的街道，老旧的街区，可以更好地避免各种外来干扰。毕竟《笨鸟》是一个迷你摄制组。

中国依然身处巨大的社会变化之中。惊人的变革，成功地把一到三的数字差，变成一到三十。新的更新，破的更破，尴尬的县城，被拉扯在其中。

我在县城求学时，有过泡网吧的经历。我几乎可以隔着屏幕，闻到弥漫在《笨鸟》梅影网城里呛鼻辣眼的二手烟味道，听到冲向耳麦的大呼小叫。

贾樟柯这么写过网吧少年："他们彼此咫尺相邻，却从不互相说话。"杀得兴奋的眼神，荷尔蒙走闯的表情，你根本无法判断，这帮人到底是经历了多长时间的枯坐，抑或者，正沉浸在一个飞向远方的梦。

那些荒唐故事

有一年，跟朋友说好了去爬岳麓山。车过湘江，我看到江边有许多黑点点，原来是弯腰采摘水芹地菜的人们。还没到丰水期的江岸，袒露着正在苏醒的身体，一眼都望不到边。

夜生活 2017© 湖南长沙

绿油油的春意，如看不见的潮水，招引我们上前去嬉戏。

过水沟时，抬脚不慎的我，吻上了湿软的淤泥，法国式、深陷其中、纠缠不休的那种，是日行程报废。

我对着橘子洲，在杜甫江阁等人。居高临下，钓鱼的人，有了江水作为背景布，都变作了清新的风景。等得街灯都亮了，我还在看船只来来往往，当真少了一个跟我同样无聊的人，好打个赌，赌下一艘会从哪儿来。

许多时候，一些偶然出现的事物，总会变成生活的预示，在长沙的日子尤其多。有辣到几个人肚痛的排骨，有花炮大楼上敞亮恬静的小书店，有我比学生更紧张的艺考培训课，有春天雨后一个人看过的浊黄色浏阳河，也有轰到耳鸣脑袋疼的蹦迪吧。中学少女涂抹得像成年人模样，熟练地划酒拳。被紧攥的杯子，就像牢牢抓到手的未来。

行程断断续续，想起来的事情像是一盘零碎，好似那潮湿的水汽，夏天蒸得人发昏，冬天又钻到你毛孔里，是入骨的冷。

在化龙池的酒吧和半湘街的小馆，我听到一个又一个的荒唐的故事。非洲来的小哥，恋上了好女子，又因分手痛苦，绝食住进了医院。谈了回族男朋友的姑娘，学起清规戒律，最后落得仓皇出逃。女子主动去结识电视健身节目中被采访的型男,只求艳遇一场。南下的火车载着心花怒放的女生,不想前任已是一个"鸡头",还问要不要介绍生意……太多的疯狂热辣,听了哭笑不得,后来回想,也无甚稀奇。

跟其他城市一样,长沙只是我经过的一个地方。我从这里,西去益阳,东归故乡,北上武汉,或者南下衡阳、郴州。当我在衡阳的老旧厂区里头打转,对着郴州的马赛克大楼发呆,一切尚不至于凄冷,长满了荒草的过去,只等待回忆的春风。

一直到今天,我都没有登上过岳麓山。

暴雪到来的那一年

《暴雪将至》里的段奕宏,总让我想起他在娄烨等人的电影里,塑造的紧张的小人物。他们对周围响动有高度警觉,冷冷地感知着生活乃至空气的变化,是典型的旧时代男子。

取景于衡阳的《暴雪将至》,复刻了一个湖南小城20世纪90年代末的风情。围绕厂区兴起的小城,人们上班低调,下班热闹,像分裂的言语。生活波澜不惊,又总感觉有股气流变化就要到来。

当江一燕邀段奕宏共舞时，二人深情相拥，用身体的温暖，驱赶着小城二月的寒冷。透过理发店的霓虹灯牌，身后门外，是三厂会合处的晦暗小街，杳无人迹。

灯光之下的黑色，却潜伏着无限凶险，就像无处不在的寒意，随时可以破门而入，将主人公扑倒在地，无情解决。对一部电影的感受，不一定是来自观者的胡思乱想。以摄影起家的导演董越，对全片摄影美术全面把关，营造了统一的视觉风格。调过色的阴冷冬天，雨不仅下个不停，雨量也比任何一个季节都要多。

风格最出彩的，是追击犯人那一段，当他就地隐遁时，镜头紧盯的，是钢铁锅炉和机械传送架梁上的一团扎眼的大红色，在那儿肆意舞动。周围冰冷无物，阴郁黯淡，霸占了整个画面。

《暴雪将至》贯彻了"恶魔自有天收"的观念，镜头化为下个不停的大雨和多处出现的上帝视角。这样的处理容易招致非议，却不失为避开审查麻烦的妙招。无论把主人公看作是螺丝钉警察的巧妙化身，还是工厂建筑的时代守卫，电影里的犯罪凶杀，并没有影响到小城市民和工厂工人的正常运

停车 2017@湖南长沙

转。人们的日常生活依然井然有序。与那些人头攒动的画面相比，这些发生在田间地头、大桥之下的恐怖犯罪，似乎变成了残忍生活的一部分材料，供予第一个乌龙嫌疑人，充当猎奇的八卦谈资。

不难发现，电影的主人公们拥护集体，渴望归属，荣誉感强，最后结局惨淡。余国伟是个编外人物，不属于事业体制，甚至是不受工人欢迎；老警察不喜欢南方，不属于这个地方；徒弟和舞女同样没有亲人，看似浮萍般自由；就连凶手，最后也落了个尸体无人认领。

电影抽掉了他们的家庭关系，来去自如，不受限制。铁青的重工业画板，又呼之欲出。在两次模拟犯罪行凶的过程中，被心魔击溃的余国伟，把自己也变成了罪犯。时代车轮滚滚，他拿到了二代身份证，却在巴士熄火之际，怅然若失，好比无处可去的一条畸零老狗。一切落在了2008年，那一场迟到了十年的冰雪暴。

仅成都消逝的一面

失忆的年代

回到成都,却想不起来上一回的落脚处在哪儿。

在地图上寻找了好一会儿,终于相信,那个地方应该是变成了太古里。

上一回和这一回,时隔七年。

要么我已经记错,要么我开始失忆,只有这两种可能。

仅你消逝的一面

从畅销书、广告片到流行曲,成都从没变过——哪怕有人会说,因为太古里,它变得洋气时髦。

当年官方宣传广告片里说的是"一个来了就不想走的城市",现在变成了唱"和我在成都的街头走一走"。我喜欢把这里的"不想走",理解成"不想走路"。毕竟在成都,我总是找不到暴走的好去处。对于有车族来说,交通压力会比较大，因为成都是"一个来了就不能左转"的城市。

如果重庆是瀑布，那成都就是温泉；如果重庆是一座具象化的城市，那成都就是一座感受型的城市，贴得上浪漫、舒适、慵懒、自在、宜居……诸多适合闲人的标签。

成都不好拍，拍成都的中国电影也拍不好。得出如此主观的结论，是因为电影里对成都的还原，尚不及真实的成都之一二分。成都乃至四川，最有趣的是人，是体验，是生活方式。好比对川妹子的印象，是来自于一次夜宵吃兔头的经历。我寻思着，两个人点几瓶酒才算合适，她张口一句："美女，来一箱哈。"

身边的电影写的往往都不是"人"。有人肯定不同意，活蹦乱跳的人物，怎么不是人？那充气的玩意儿还会扭，模特衣架也会摆造型呢。现实中的中国电影，偏偏不太喜欢让人物自己走路，而是架着、绑着人物，凭空而来，臆想连篇，让人物充当自家橱窗的展示摆设。

有几部片子，值得一提。贾樟柯的《二十四城记》，记录了成都的一次裂变。烟囱，变成了高楼；工厂大门，变成了物业部门。许多人赞美太古里所代表的商圈让成都气象一新，我只是觉得，有了太古里的成都，跟被工厂包围、商场楼盘

三、二、一 2018@ 成都洛带

林立的北京有点儿像（不只是都有霾的缘故）。

最像城市宣传片的成都电影，自然是许秦豪的《好雨时节》。拍得干干净净，却看不到雨点，一点儿动静也没有。至于高圆圆的脸，郑雨盛的颜，都是上好的人文风景明信片。

《观音山》像是发生在成都，实际上，除了范冰冰砸酒瓶的九眼桥，与成都关系不大。它的青春与迷茫，更像入川的宝成线铁路（实际取景拍摄于成昆线），吁叹着古人说的蜀道难。

一系列成都影像，气质最特别、关乎人的状态与处境的，是吕乐的两部电影——《十三棵泡桐》和《小说》。

看一眼《十三棵泡桐》的中学校服，听一段操场广播，你会原谅过于残酷的故事。因为，青春是真，真到让你不舒服。要知道多数人的青春期，除了书本还是书本。哪怕抛掉书本上街去，也不意味着要祭出刀子。

《小说》的故事发生在20世纪成都西北的郫县，如今叫郫都区。郫县产豆瓣酱，也产出过一部奇特的作家电影。

1999年的桃园宾馆，跑来一堆作家，大谈什么是诗意、现在还有没有诗意了。酸倒牙的茶话会，被吕乐设置了一个局中局：一对昔日恋人在此相遇。女的在会议上倒茶送水当秘书；男的出来公干，促成了一次久别重逢。镜头扫过街市，电影滑入了现实。

女的由王彤饰演，男的由王志文饰演。我从未在中国电影里，见过如此登对、默契的情侣。我坚信不疑，他们就是一对旧情人。

王彤带王志文去了一个好玩的地方，一个废弃的游泳池。她聊起大学时，废弃游泳池边上的篝火晚会，那是她第一次注意到王志文。王志文如梦初醒，想了想说，是不是那时候自己在唱歌？在跳舞？还是在念诗？

王彤第一次注意到王志文，并不是因为他唱歌、跳舞或者念诗，而是他喝多了酒，在废弃的游泳池里头，跑来跑去。

因为跑来跑去。

并没有断片的青春回忆，如同只要41元的三菜一汤一瓶酒。确切，清楚。而过去废弃的游泳池一直干涸到了现在，却装满了并不存在的、诗意的年代。

会议部分，阿城一上来就科普了诗意。对王彤与王志文的结局，他认为，什么都有可能发生。王朔说颓废至极，才会有诗意。当年的他还唱衰中国电影，认为商业玩不动。方方讲得最实诚：诗意从来就不在当下，而是建筑在回忆之上。

高楼包围 2018@ 重庆罗汉寺

许多年后，阿巴斯拍了一部《合法副本》，托斯卡纳的钟声使人清醒，那场久违的相爱相遇，让我想起了流连成都某个角落的旧情人。

如今，在同一个地方，借高楼顶层，极目远眺，长枪短炮，还有最宝贵的老天爷开眼，你能重见杜工部的"窗含西岭千秋雪"。浮世喧嚷，浊尘蔽目。诗意，从未远走。

这是否让你想起《二十四城记》结尾的字幕？"成都，仅你消逝的一面，足以让我荣耀一生。"万夏的原诗写的是："仅我腐朽的一面，就够你享用一生。"万夏用山寨手法，出版了《叶子楣叶玉卿大写真》，换来人生第一桶金。至于《后朦胧诗全集》和正版盗版齐飞的"黑镜头系列"，就都是后话了。如此倒腾，倒也落个"假作真时真亦假"。

砸你个锤子哦

砸你个锤子哦

宁浩回忆在重庆拍摄《疯狂的石头》,那场戏是刘桦饰演的道哥要撞在罗汉寺门口的车上。那天是2005年的平安夜,街上人山人海,感觉全重庆的人都出来了——全是人。有个细节很好玩,宁浩说,人们拿着一米多长、充气的大锤子,在最热闹的地方,互相砸。认识不认识的互相砸,男的女的互相砸,大家也不会生气。他正准备开机,后面锤声一片,他只好等着大家砸完才开拍。

说好玩,不在于"锤子"是个方言词,也不在于后来大锤子消失得无影踪——就连街上的卡通气球,都升级换代成了发光气球。而在于这则欢乐祥和的片场花絮,与宁浩之前描述的重庆印象,出入很大。

他说,重庆人生猛、有火气、嗓门大。我想起了好朋友屁屁踢,她是个典型的山城妹子。她说普通话,一切正常,切换到重庆话,嗓门放大两倍,甚至乘以三。她在川菜馆一开口，经常有周围人行注目礼。她的大嗓门，一度引发我对那座城市的猜想：重庆人是不是都住在山上面或者山那边，不喊大声点儿，真的就听不见。

问过其他重庆朋友，当年平安夜，是否有砸人的锤子。她说，还真的有，但已经是上初中的事情了。好多人打着打着，就丢了锤子甩老拳，开始真打了。

我心想，这才对嘛。

《疯狂的石头》有脏兮兮的底层生活美学，讲的又是坑蒙拐骗偷的赖皮喜剧故事。当你身临被摩天高楼围住的解放碑，或在千厮门大桥上看洪崖洞的夜景，说一部电影能代表重庆，那口吻未免也太主旋律。作为外来者的宁浩，不一定能代表重庆。但十年过去了，并没有其他电影能取代《疯狂的石头》的地位，呈现一个更新、更安逸、更现代、更地道或者更疯狂的重庆。

《日照重庆》的过江索道、《火锅英雄》的石梯坡道、《从你的全世界路过》的轻轨阳台……这些电影都以山城为背景，却都没能说清重庆市民的特殊个性。宁浩就概括得很好——小混混也有浪漫主义。

要描述电影是什么，例子也可以很简单。像《疯狂的石头》,拍到罗汉寺,电影只取大门外景,罗汉寺里面的戏份,就换在其他地方拍摄。经过剪辑组合,让你觉得毫无违和感。看电影,如入寺门,别有洞天。正是一语双关。

说到重庆,人们会用"小香港""立体感"等来形容,最新的词是"魔幻3D(立体)"。拍照片的摄影师,拍电影的导演,都喜欢用长焦镜头,虽然这样容易把脏脏乱乱的东西,统统扫进去。

重庆的旧是新旧合一,再加上起伏的构造,恰好是其他"煎饼机"城市所不具备的。中国缺的不是时代的新,而是故人的旧。就连老油换成新油的火锅,都不那么好吃了。

"阶砖不会拒绝磨蚀,窗花不可幽禁落霞。"

人在重庆,每一刻你都在面对现实,又与历史擦肩而过。

我未再见他一面

《绿宝石》的灵感,来自1906年,丹麦作家卡尔·耶勒鲁普写的《朝圣者卡玛尼塔》。主人公重生为两颗遥望的恒星,用一个世纪的时间,向对方讲述自己的故事,直至消亡。

嘉陵江上 2018@ 重庆洪崖洞

2011年，我到重庆参加一个民间影展。影展设置了泰国导演阿彼察邦的作品单元，名为《绿宝石》的短片，就是在这次影展上看的。

开幕式在沙坪坝电影院举行，那是一个能容纳三四百人的大厅。一出影厅便是闹市区，缕缕行行。活动在如此开放的环境进行，有光明正大、不受约束的意思。有了电影院的仪式、人在现场的参与，感觉和昆明省图的"云之南"、南大校园里头的CIFF（中国独立影像展）大有不同。

然而第二天就出了岔子。

影展临时更换场地，挪到了沙坪坝文化馆音乐厅。还好离得不远，座椅也不错。可惜幕布无处安放，只能挂在演出舞台后面，距离第一排仍有个十来米。就那么着，我看了几个下午的"视力检测表"。

我们一行人住在素有"小重庆"之称的磁器口。从机场过来，小小地感受了重庆的地势，依山而起，弯来绕去。大概是周末，可能也是天气好，磁器口的人，实在太多太多。影展志愿者告诉我，只要是白天，这边人都这么多。

海树从香港回来，说沙坪坝也是打望美女的好地方。作为本地人，他对沙坪坝的了解，看上去并没有比我多多少。

吃夜宵大排档时，我一度怀疑他开口会蹦出粤语或英文。穿过他们的身影，后面的楼房，使重庆隐约像是港岛。

骆晋丢了钱包。我同他讲，自己刚在香港国际电影节丢过钱包，赵大乖也在威尼斯丢过钱包，结果都神奇地失而复得，你的也没事。第二天，他接到南京新街口派出所来的电话，说钱包被重庆大学的学生捡到了。

夜半，和海树、骆晋上街寻找面馆，一路游荡，如穿行在一片脚手架森林，没有目标，也看不到招牌。这两个家伙，果然是不像重庆人的重庆人。

朝天门有个很大的标语，叫"非去不可"。我无奈地把它理解为，有些东西，非要从这座城市去掉不可。否则，无从解释从沙坪坝到朝天门都是脚手架。几年后故地重游，朝天门已经被更惊人的高楼所占据，呈扭动之势。

站在朝天门码头，有如在一艘昂然前行的巨轮船首。山是城，也是大船。齐邦媛《巨流河》里的重庆，有誓不屈服的千人大合唱。合上书本，仿佛闻见久远的游子哀歌。清澈的嘉陵江眼见了"今生，我未再见他一面"的少女真情，齐邦媛轻轻一句，已诉肺腑，可问苍天。

今时很难想象，当年日本飞机对重庆进行了长达五年、日夜不停的疲劳轰炸（罗汉寺等皆毁于战火）。即便如此，大船依然没有被炸沉，因为它的材料，是中华的大地山川。

回机场的路上，司机飙到了130迈。我以同样的速度，远离这座城市。由于车速太快，他甚至错过了一个出口，只得倒车返回。先前还歪着脖子、赛车手模样的他，赶忙赔不是："一个劲开一个劲地开，就过了……"

那个影展，2011年是最后一届，没有倒车重来，我们也未能再见一面。

两点之间，长江最远

跳东湖

我想起来的东湖，是一片黑色。

黑暗之中，手机屏在发亮，烟头冒着火光。极远处也有射灯霓虹，大楼通明。东湖实在太大，它们的工业气息，尽数被黯然的湖水给稀释了，不见兴盛。不强烈的光影，像大小不一的抽芯铆钉，把这个黑色的湖牢牢固定在天与地之间。

月盘如暗玉一般，在水面上投出一道纤长的、发亮的浮桥，有时候又像阶梯，循此向前，千百米后，可走到对岸的低山处。去处不可见，如何上路也未可知，怎样踏上这座梯桥，是一道难题。

黑暗之中，还有暗黑的人影。湖水始终有斑驳的光泽，湖面和栈道上的人，倒像是一团团游动的墨。轻抚额头的，大概是个漂亮女郎；低头敲棍的，肯定是跟家长出来的小朋友；背着双手的，应该是刚游完泳的大叔；那偎依在一起、一动也不动的钝角三角形的黑影子，兴许是武大校园出来的情侣。至于在湖水下发出扑腾动静的家伙，就完全是黑暗的底色。

栈道狭窄，我们与许多人擦身而过，感受得到对方身上的热气，却看不清楚彼此的模样，就连轮廓，都是彻底模糊的。人们说话的声音，总会在经过的一刹那，暂时消失，又在身后响起，远去。

走到一个角落处，我们就地坐下，把腿脚垂挂到栈道外头。就那样待着，边上也不再有人频繁经过，人们说话也跟着慢了下来。我们与黑暗、眼前的东湖，和平相处。

没有路灯，因为这是湖面；没有手电筒，因为有现代文明的手机。消暑的人们，是否会像我这样，把眼前的东湖，当作一个有明月的幻境。

一艘小艇，载着喧笑，慢慢靠近了光的浮桥。当它即将抵达之际，浮桥被打破了形状，化作一抹碎金，有如志怪小说的终章。笑声也达到了顶点，好像是从更远处传来。

这是凌波栈道的夜晚，栈道因靠近凌波门而得名。栈道两侧以前是天然的游泳池，后来总有事故发生，一度被拆毁，与湖岸不再连通。如今修复完成，我们才得以在黑暗中勾留。

我在手机上，测试长时间曝光拍摄，从十秒、二十秒到半分钟，直到电板发烫。东湖的相片，变得明亮了起来，不断有陌生人在图片中显影。机器，果然比人眼可靠。

那天晚上，我还第一次知道了"跳东湖"。即使我并没有看清楚，有什么黑影子，以如何漂亮的姿势扎入水中，更不要说水花了。可是，我的夜晚，比白天更美。那记忆，好像又比现实可靠。

记忆真实吗？那是一个夏至前后的夜晚，天上还有月亮。我只记得看不清的湖水，黑色让我感动。

大水冲了龙王庙

我与武汉的相识，始于长江，始于汉口，始于码头江滩。江边有合影的一家三口，在荒凉僻静处插上一排鱼竿的大叔，还有身着桃红色冲锋衣、头顶遮阳帽、戴一双白手套的晨练大妈。

按照一个外地游客的标准行程，我逛了户部巷，看了武汉长江大桥。后来，也有同朋友在水果湖逛碟店，在黄陂街附近吃热干面和豆皮。

夏之夜 2017@ 武汉东湖

在码头 2017@ 汉口江滩

电影里的武汉，无一例外都有点儿灰蒙、昏暗、小脏乱，尤其是娄烨的作品，后期特地把光调暗了。于是乎，余虹堕入了生活，更多的人掉进了"谜事"。

从大陶红的《生活秀》到颜丙燕的《万箭穿心》，武汉的女人，替自己张罗生计，撑起一片天地。有趣的是，《生活秀》是借重庆的景，试图乱武汉的真。颜丙燕往汉正街附近一站，嗑着瓜子，招揽生意，就是个劳动妇女。可是开口说话，却是一口四川腔。

女演员的卖力，也感染了片中的男演员。陶泽如演老流氓，和他饰演田间老汉一样拿手。一口地道武汉话的社会人陈刚，简直就是街头混混附体。

好电影既真实，又总是有缺憾。好比颜丙燕搞不明白，生活到底是怎么一回事。不过有件事可以确定，《万箭穿心》里的路人，边走边吃饭盒里的热干面。豆皮可以用饭盒来盛，但热干面，一定是要纸碗装。

与文艺生活片相比，导演李珞对武汉的感情，既私人，又抽象。他拍长江、东湖。

至今还记得看到《河流和我的父亲》结尾处的新奇。拍好片子的李珞，把父亲的来信，加入到了电影当中，辅以画面文字。父亲是记忆的提供者，又参与到电影当中，提出修改意见。他不仅修改了作者的记忆，也修改了作品本身。问题随之而来，他们父子的记忆为何会有不同？记忆和真实是否有唯一确定性？倘若收到影迷观众反馈，王竞是否可以修改电影的细节，把纸饭盒换成纸碗，给颜丙燕配一个地道的武汉方言口音。

独立电影可以任性、实验、随心所欲、打破电影的条框。但多数电影制作，有章法条例、行动周期。它不是可以拆散重组的文字，而是不太可能发生改动的空间建筑。硬拆所带来的灾难效果，不亚于发一场把龙王庙给冲了的大水。再有给周星驰配音的"石斑鱼"，许多人认为他给周的无厘头喜剧加分了，可如果用香港当地文化去打量，"石斑鱼"偏离了原始创作方向。好比如果把镜头对准没有认真勘景的穷街陋巷，你不免觉得，它不具备电影的美感。电影是幻光，但你不能把幻光看作幻光。我们穿透幻光，又回到了生活。

在《唐皇游地府》里，李珞认为神话没有远走。初唐之后一千四百年，这里从未真正变过。《李文漫游东湖》则有龙吸水的狂野之心，也印证了纪录片、历史文本和形式结构多重曝光之后的奇效。

毕业季 2016@ 武汉大学

玄武湖上的鸭子船

杨超的《长江图》逆流而上，我跟着娄烨的电影，顺流而下。为什么他们选择长江沿岸的城市打卡呢？从热门的重庆、武汉、南京、上海，到不是那么热门的江阴、荻港、铜陵、彭泽、鄂州、宜昌、涪陵、宜宾。

人说，先有了诗歌，才有了长江。依此造句，有了长江，第六代导演才得以继续拍电影。逝者如斯夫。

唐晓白的《动词变位》，不仅引用海子的诗歌，还把他演化成片中人物角色。那是一个写诗也写日记的时代，那是一个与死亡同行的年代。有的人失去了生命，有的人丢掉了灵魂。

你也注意到了，诗歌不断出现在这些年的中国电影里。但这有什么好奇怪的呢？诗歌原本就很重要，一直如此。

不过，在一部电影中，诗本身不等于诗意，放入诗歌，也不一定会带来诗意。否则，拍摄一部诗人传记片，只需要从头到尾不断吟诗即可。电影的诗意，并非来自字幕和"为你读诗"，而是糅合文字与声音后，隐匿在影像镜头之间的留白。一旦把出现的诗篇，等同于电影艺术的诗意，那就偏离了观看一部电影的正确航线。正如那本与《长江图》同名的诗集，它所能够带来的诗意，恐怕要远逊于情感的诗意本身。更何况，在那个全民写诗、麻袋装影评的年代，诗本身的意义价值，大不同于今日。能写诗，等同于今天的能玩音乐、打篮球，可以泡到女孩子。

所以，《长江图》的诗意，更来自它的摄影；《推拿》的诗意，来自结尾，还有尧十三的歌。

南京给我的印象，是旧。雅一点儿的人们，说"古"。在中国大聊"古"字，日积月累，容易变成胡说。好比以"南京"为名的电影，数量不少。只提那个年份，那串数字，南京的影像，就永远困在了历史的黑洞里。

我在南京生活过一段时间，可以不赶时间，也不贪恋游玩。了解这个城市，变成了一部分日常生活。

曾与三名男子，在玄武湖上踩鸭子船，打发一个下午，那是几年间我能想到最像公干的一次游玩。

去过灵谷寺的西洼子大草坪，郊游野餐，看人放风筝。还是下午时间，感觉吹了整个世界的风。

与朋友一家三口，石头城周末游。日暖风微，山石有鬼脸，绿树林透着清幽。我提前看到了人生未来的下午，历历在目。

有一天晚上，我在德基广场附近的桌游生活馆撞见了一群男女。他们是从线上的论坛好友，发展成线下的朋友的。里头有带小孩的中年人士，有三五成群的大学生，还有被西北风刮来参与围观的我们。他们有唱有跳，热闹又寂寞。

在先锋书店那场分享会上，有人问我："如果你只剩三天光明，最想看到或重温的电影是什么？"这个《推拿》般的问题，完全在我意料之外。那时的我，完全没有想到任何一部电影名字，难以作答。真不奇怪，因为当时根本就没想到"电影"。

今天的南京南，如昔日的浦口。我所见的水与石头，被丢进了历史，却没有消失，像城墙、中山陵和玄武湖。

娄烨的《春风沉醉的夜晚》和《推拿》里的南京，大致已经是很精确的南京了。如果还有冒险精神，可以看看文晏的《水印街》和宋方的《记忆望着我》，也各自保留了南京的街道和语言。看这些片子，你就找到了尚未倒闭的冲印店，你都不需要带上自己的相机。

雨停了，南京恢复了秋天的笑容，有凉风，并不冷。南大青岛路上的情侣打情骂俏；路边小店的厨师，趴在小方桌

水中央 2017@汉口江滩

上犯困；环卫工人打扫着落叶，哗哗哗，频率比平常要缓。此时的杭大路，应该也是这光景吧。合格的大学校园，总该有这样一条马路（不是商业气息浓厚的学生街），有梧桐树、小饭馆，还有你拨不通的那个手机号码，是不想联络的旧情人。

出了太阳，傅厚岗的人家一大早就抱起被子出门晾晒，却挡住了爬满一面篱笆的蔷薇。我举高手机，不想惊扰了一只白猫，它正趴在车顶上晒太阳。我还拍泡桐树、鸡鸣寺的樱花、锁金村夜里的白玉兰。我撞见南京，就像第一次被对象正式介绍给她的好朋友，心里忐忑，脸上又试图大方。

电影里，南京湿漉漉灰蒙蒙，终日不见天晴。我在南京，总是遗忘了电影。

通往三里屯的无名路

通往三里屯的无名路

　　去往遥远的北方，论岁数，我过于年轻了，但每个人在他人生的发轫之初，总有一段时光。没有什么可留恋，只有抑制不住的梦想；没有什么可凭仗，只有他的好身体；没有地方可去，只想到处流浪。

E. B.怀特这么写道。

很长一段时间，北京对于我，等同于北方。

也有人不带感情，认为北京不是一个现代大都市，它就是一个大农村，包围着紫禁城。

这么说来，我是当了好多年的屯里人。

时间长到让我产生错觉：大概是一到北京，我就住在了三里屯吧。

这里是北京

北漂快十年,我先从黄亭子牡丹园住到了马甸桥东。那地方,是21世纪初电影人口中的"新马太"(新街口、马甸、北太平庄)。

混过号称"宇宙中心"的五道口,跟一群朋友喝酒唱K聚会。他们要么是习惯了熬大夜的网站编辑,要么就是长年失眠、习惯了看片的电影狂。

糊里糊涂地,还游荡过积水潭。那会儿的电影资料馆没么多精彩节目,我更常去的是牌坊边上的中影集团放映厅。红帷幕搭小舞台,硬板凳配工作桌,分明是老干部开会的场所。

我一再搬家,直到寄居于友人小经厂胡同的住所。这时,我才真正摊开了北京的地图,发现此前活动的地盘,不过是西北一隅。

春去夏来,胡同迎来了最美好的季节。葡萄架子覆满了绿荫,杨树哗哗作响似落大雨,张妈妈的桌子可以横摆到外头。我在中戏操场上,对着满墙的爬山虎发呆。

这段自我放逐的日子,像在天堂乐园一样无拘无束。我

水形 2011@北京后海

世界 2012@ 首都国际机场

又清楚地知道，一切都是短暂的。如此慵懒散漫的节奏，太不像生活在有三四五六环的北京城。况且，夏天很快会过去，秋天太短，冬天又长。

有个大晚上，我踩上山哥的单车，去锣鼓巷口的超市买酒。一阵大风从鼓楼方向扑来，槐花飞落，香气袭人。不知电线短路还是产生了幻觉，路灯一阵明暗，火花迸溅。单车上的我也像过了电，起了一身鸡皮疙瘩：这里就是北京啊。

什么电影能代表北京呢？不要说代表，就哪怕是表现这座城市的一个真实截面，在近十年的范围内都不好找。

北京曾是胡金铨的"流沙"，《末代皇帝》的紫禁城。游览中国山川的芥川龙之介却说，紫禁城只有梦魇，只有比黑夜的天空还要庞大的梦魇。

宁瀛的"北京三部曲"，记录了一个粗糙、不修边幅、正在膨胀的北京。置身如今的矩阵迷宫，电影里20世纪90年代的北京，已经遥远得叫人怀念。

电影院里当然有北京：国贸桥的延时摄影、三里屯的地标建筑、香港导演想象出来的四合院风情。商业电影为了规避风险，竞相选择将故事背景虚化架空。更有甚者，直接摆上一桌妖怪神魔。没有人知道，他们在拍什么。

拍北京的电影的空白，也未必全是因为风险。这个城市装满天眼，堵足车辆，人们拼命吸入雾霾，在早晚高峰的地铁里被挤完最后一口气。想贸然拍一部窒息城市的现实主义电影，无疑像玩玩儿命的"跳一跳"游戏。

我的三里屯

三里屯可能是我最熟悉，却又最陌生的北京地带。它是一个被妖魔化的地方。

新媒体所描述的三里屯，是一个日新月异却无所适从的三里屯，人们拿苹果，着新衣，浮夸鼓吹，鸟语叽喳，仿佛每个角落都充斥了酒精与性欲。最早光临此地的外国使节、20世纪活跃的文化圈名流、最新一批的消费主义信徒、脸上挂满稀罕的年轻游客，他们只是经过，从不停留。

毕竟，三里屯变化太快。更何况，这里不是地道的老北京。

人们讨论着，为什么隔上一条工体北路，北边的三里屯太古里可以成为年轻人的聚集点——同时也是散装的潮流圣地；南边的SOHO商场却空荡荡，全是"洗剪吹"和杂货铺，

影 2014@ 三里屯大使馆

还有溜冰跳舞的小朋友。附近居民，索性拿它来当羽毛球练习场地。

三里屯这个地名，意为距离北京城墙三里地。从东四十条地铁站，往将来的地铁三号线方向，在地图上丈量一点五公里，不多不少，正好就落在了新东路口上。路口东北角，原来是更大一片的住宅区，名为幸福三村。今天的小区楼，从南38号开始倒数，到南26号戛然而止，消失的1号到25号楼，就是三里屯太古里。

太古里光鲜、开放、没有封闭感。连接太古里南北区的三里屯，却是一条脏街陋巷，随处可见横流的污水，刺眼的垃圾明目张胆地跟炸鸡排或卖烟摊一道显摆，如同脏街，周围的巷道小路都没有名字。不明所以的背后，是幸福三村拆迁建设的残留见证，也是三里屯不属于任何人的最好脚注。如今，这片脏污已被横扫一空。

三里屯商圈于奥运年开始运营，一开始名为"三里屯Village"，取了"村村屯屯"的本意。很长一段时间，对着出租车司机说出"Village"或是后改的"太古里"，司机都会一脸错愕。总之，还是老老实实说"酒吧街"或者"三里屯"更好。

三里屯不只是一个地名,它还像是一段距离,精准到从这一头往西会撞在看不到的城墙上。不要忘了,那里本来就没有城门。老北京靠东的城门,只有东直门和朝阳门。

如果不知道距离意味着什么,你可以在三里屯的使馆区走一走,绿色的铁丝网和警觉的站岗哨兵都会告诉你:非请勿入,禁止拍摄。

城墙不在了,二环里的居民还习惯称自己老北京。这三里开外的范围,已经是新北京的一部分了。新北京与气势惊人、奇形怪状的现代建筑有关。更重要的是,新北京接纳了越来越多的像我这样的外来者。

喜欢什么颜色

白昼如夜的三里屯,就像永远无法融入北京的现代气质。单看颜色,它的色彩过于饱和,不是帝王将相的金碧辉煌,也不是平民百姓的灰砖黑瓦。

白色的苹果LOGO(标志),银色的阿迪达斯旗舰店,黑色的阿玛尼奢侈品牌店,绿色的瑜舍酒店,不同色块冲撞在一起的优衣库,组成了三里屯的商业迷宫。洲际酒店拔地而起，夜晚被发光材料包裹的大楼，不差钱地发射着霓虹，努力把人们勾引到南边去。一副土相的城市宾馆改头换面，变成了设计感十足的CHAO酒店。

它兴奋躁动。

工体的比赛日，歌星们的演唱会，你会听到远处的欢呼，人群的海洋总搞得周围路口水泄不通。我总被热情的黄牛推销，却不好意思告诉他们真相：我绕着工体跑过上百圈，却一次也没有进去过。一个被中国足球伤过的家伙，没有什么颜色能再吸引他，更不会喜欢绿色。

它诚惶诚恐。

不等过午，野生摄影师就蹲守在广场入口、水池旁边，还有脏角落，组成设备精良的"炮阵"，欢迎姑娘们花枝招展地通过。他们热情地索要社交网络账号，布置下"十五分钟成名"的心理陷阱，或略显慌张，去掩饰不甘熄灭的生理冲动。

夜晚，酒过三巡，老外们喜欢三三两两或成群结队地在马路上高歌、号叫。三里屯很小，来往的醉酒人容易产生摩擦。总会跑出来几个国人，疯狂地用一个英语单词，加六字粗口，恶狠狠地骂回去。不用担心他们真会打到你死我活，

潮流 2016@ 三里屯太古里

人民警察的派出所就在边上。何况醉酒的人，嘴上叫嚣得厉害，往往没跑出去几步，自己先绊倒在地上。

白天的三里屯是另一个面孔，它亲和好玩。

早上，楼下会经过一辆三轮车，小喇叭里的叫卖声音拖得又慢又长：

"旧冰箱，旧彩电，电脑，空调——"

"换纱窗，清洗油烟机——"

声音由远及近，又从近到远，没有高低起伏变化，在三里屯绕上一大圈，重复一遍又一遍。

听到这声音，我就知道大概10点了。

正午之前，楼下的退休大叔会开始练习吹小号。

"嘟嘟——嘟嘟嘟嘟——嘟——"

他的技艺水平是惊人的稳定。我住了好些个年头，没听到过一支完整的曲子。

下午，三里屯会进入一段极其短暂的平静。周围只剩下闹钟走动的声音。实验小学的音乐铃声会准时飘进我的房间，若是午睡时分，铃声总会制造出一个时间回旋的错觉，就好像昨天我才刚搬到这儿。

以稿费谋生的那几年，时不时要收汇款单。瘦削的邮局派件大叔很快认识了我。笑意十足的绿色制服，每次都会跟我说那么两句。简单、默契，从来不期待我的回应。

"醒得这么早啊？"

"这回好几张呢！"

…………

等我在绿色单子上签好字，他像阵风一样，转身下楼消失。

收旧电视机的中年大叔告诉我，楼下的程大妈在这里住了二十八年。不过这一年，我没见过她。

不小心水淹了单元楼，五楼退休大爷抄了我号码，以防万一。他笑说，头发白了，曾经也是个文字工作者。

一个影评人的生活

三里屯的电线杆子下，总可以看到大摊呕吐物，令人直犯恶心。无端想起在胡同口停车的人们，一定会摆些木头板子，挡住自家车轮胎，防止狗狗乱撒尿。

整改之后，街道两边多了廉价的塑料花草，还有城市绿化的常客——羽衣甘蓝。颜色各异，但无一例外的都是灰头土面一脸丧，看上去就像被砸烂的花菜，知道自己活不过这个冬天。

我不信赖酒吧街上的任何一家酒吧，即便这条酒吧街，已经只剩下北边最后一小截。酒家找来了钢管舞女郎，出动无数酒托拉客。透过玻璃窗，叫人看得恍恍惚惚，跟后海艳俗的酒吧，绝对是亲戚。我固执地认为，里头卖的洋酒，即便不全是假酒，也基本上都是劣酒。

我喜好精酿啤酒，尤其是大跃分店开到了春秀路以后。我评选自己的精酿三杰：悠航、大跃和京A。春夏之际，我习惯在言儿又看书工作，然后去对面痛饮一杯Double IPA（一种精酿啤酒）。这样的生活太闲适了，舒服到让我感到害怕，跟周围人节奏不搭调，以至于想逃离。

春秀路的Cafe Groove（一家咖啡店）从开业到现在，一直是很好的工作地之选择。虽然发生过《小苹果》"轰客"的尴尬事件，但在漫长的下午，它家选歌质量颇高。尤其是电影原声曲目，接连不断。一会儿是"牯岭街少年"，一会儿是"读书天"，一会儿是"孤独先生"，一会儿是"堕落天使"。

依然是这个春天，在工体机电院的将将，我参加一个酒会，头一次感受到北京国际电影节终于有了节日气氛。宾客

春雪 2013@ 北京三里屯

把露天平台挤得水泄不通,爵士乐加香槟酒,它理所当然地发生在洋气的三里屯。

我很早就发现了西五街的秘密花园。春天,院子里开满了海棠、玉兰,还有紫藤、连翘和碧桃,没有一朵花一棵树是不漂亮的。相比秋天的银杏街,我对东三街的柿子树更感兴趣。它们红得透,却无人采摘,只等鸟儿光顾枝头。不然掉落在地,像行为艺术家,涂画一摊生命的写意。

我喜欢有电影节的美嘉电影院。这里银幕最亮,餐饮选择丰富。骑上单车,只需要五分钟,我就能到达法国电影文化中心。我喜欢坐在第一排,座位离银幕近到不能再近。

无人知晓的路

有个夜晚,我在回家路上,一个看上去就是"95后"的小男生,举着手机向我问路。他要寻找一家在麒麟大厦东的酒吧,那里有个爬梯。他指着地图说无法定位。我无意瞥见排队活动页面上,有猛烈刺激的文字图片。想了半天,自称"大三通"的我,并不知道如何指路。

回家后,越想越不对劲,雅秀市场取代麒麟大厦都是十几年前的事情了，如今都装修好了要重新开业，这里是否真有过一家早已经不存在的同志酒吧？

我并不知道。

"开墙打洞"专项整治后，连接三里屯路和新东路的无名街道上的沿街店铺被尽数拆除，装扮成了规矩整齐、一尘不染的"欢迎参观"模样。小卖部躲在了铁窗后面，拉面馆挂不上像样的招牌，酒吧干脆都变成隐蔽的房间。最惨的是成人用品店，里头防盗窗，外面加栅栏，外围还种上绿化带，直接关门大吉。

一股更强烈的风，吹起了猛烈的施工渣土，路人纷纷捂鼻挡脸，避之不及。这次整改，瓦解掉我对这座城市这片街区好不容易建立的微弱认同。原来哪怕是作为很小的记忆，三里屯也不属于任何人，更加不会有属于它的电影。

岁月就像时尚潮流，循环往复。

北京四季分明，总有雾霾。你胸怀方向感，只能向上。其实方向感已不再重要——没有人在意你往东西南北何处去，只在意你能否往高处爬，最好追得上楼房高价。赶不上趟的，都是傻瓜。

每次重返北京，我都能看到，曾有一条路通往过去。

还是E. B.怀特，他说纽约可以摧毁一个人，也可以成全他，很大程度看运气。除非愿意碰碰运气，否则……否则啊，不来北京最好。

许多人痛苦于这座城市的撕裂，北边到南边，市区和郊区，高层与地下室，四合院同合租房，土著跟外地人。我却要感谢它的撕裂。那样的北京至少还能够让人庆幸：它不是死水一潭、铁板一块。裂缝越来越大之际，北京犹如一张摊开的大饼，大到不止方圆三百里。而我，只是留在了小小的三里屯。

午夜出口 2013@ 北京朝阳

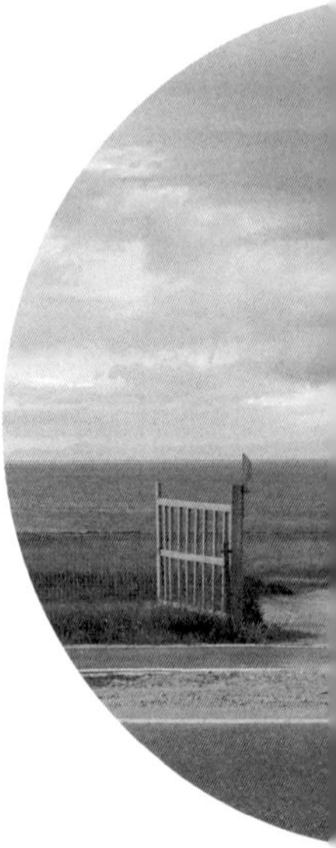

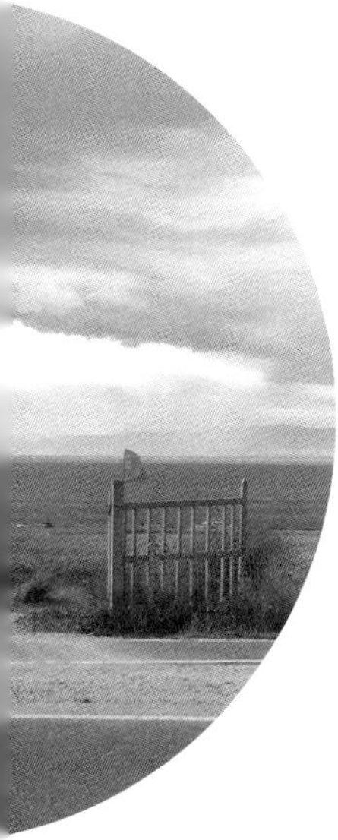

流动的盛宴,在云之南

流动的盛宴,在云之南

我的旅行经验,大多是靠电影经验催生出来的。倒不是我喜欢沉迷于电影,按图索骥,而是自由职业一旦把时间投掷于电影,看待世界的眼光、接触的朋友、经历的事情,居然也会产生观看电影般的不真实感。

2011年春,我第一次到昆明,参加"云之南"纪录影像展。影展以立春、雨水、惊蛰、春分四个节气名字,命名了前四届影展主题,也寄予了活动能够周而复始、生生不息的美好意思。

到的那年,刚好是第五届,也就是"清明"。

也就是在这一年,我认为的跑影展、看电影的好时光刚到来,又旋即被喊停。我参加了昆明、重庆等影展,它们都在事实层面上,成了最后一届。

合奏 2017·昆明翠湖

长鼻蜡蝉的回忆

每年春天,我都会想起"云之南",还有昆明。

温润的空气,满目的绿意,还有无法不慢下来的城市节奏。尽管省城以外的人们仍会觉得,昆明的楼盖得高又密,交通也到了拥堵关卡。

偶然的一个机会,看到小时候在龙眼树上捕捉过的长鼻蜡蝉,居然也被国人抓了一大把,丢在锅里爆炒,成了神奇的盘中佳肴,登时让我大开眼界。

实在是想象力有限啊!我这三十年,从来没有想过,弹跳力惊人、长有墨绿翅膀(如孔雀华丽羽衣)的长鼻蜡蝉,居然能跟"吃"字联系在一起。震惊之余,也冒出来好奇和疑惑,那它到底应该是什么味道?

那年初到昆明,卫西谛夫妇约我在翠湖南路一家餐厅碰头。打开菜单,我们对着油炸的竹虫、蜻蜓、蝎子和蜘蛛啧啧称奇。我还记得那是一个露台位置,环看四周的草丛底下树枝上头,定然还有许多昆虫朋友。不过,云南人民就地取材吃遍天地的神秘快感,我们始终也没敢去体会。

拥有整个翠湖

"云之南"影展主会场在云南省图书馆,若是从翠湖方向观望,这幢方正、淡色的苏式风格建筑物,实在过于明显。从省图高处往东看,有君临下方明黄色的陆军讲武堂之感。

我在昆明的大多数时光和活动踪迹,始终没有远离过翠湖。

早晨,沿着文林街,经过一排小资洋气的咖啡馆和小酒吧,顺钱局街,慢悠悠往下。供应包子、米线的小吃店还热气蒸腾,卖衣服的格子铺也看不到有人。苏醒状态的城市,还有留恋睡意的慵懒。即便如此,却总会叫人猜想,有许多事情要发生,正如我走在赶赴早场电影的路上,却不知道那部片子面目如何。

晚上,我喜欢换一条跟前天不同的路线,穿街过巷,趁机舒缓下疯狂看片后的紧张神经。

沿翠湖西路往北,经过西仓坡,拐上府甬道,也可访闻一多被刺杀遇害的先生坡。透过一些人家的昏暗窗口,还看得见电视的亮光。

春雨不歇的夜晚，湖心倒映着整座溺水的城市和梦寐的夜空。杳无人迹的翠湖公园，似乎只为等待一艘UFO的降落。我趁着酒劲儿，疯狂踩辆单车绕湖打转，不顾黑暗处有什么，差点掉进沟里。

一直流入海洋

那日下午，我决定一个人去散步。从文林街往北，拐进了文化巷。挤在一起的小店，卖着奶茶蛋糕、水果烧烤，到处都散发着甜腻腻的青春气息，还有提炼过的荷尔蒙。冲着还有不舍情意的夕阳，我消灭了过桥米线的最后一口汤，从云大后门径直走进了植被茂密的校园。

昆明这座城市，当然不只是跟"云之南"或独立电影有缘。光是翠湖周边就至少跟三部电影有关：尹丽川的《公园》、姜文的《太阳照常升起》和曹保平的《李米的猜想》，说来也都是大有名头。

"有人在云大生物楼上吊自杀啦！"

我在网上看到过这样一个帖子。帖内附图一张，真有个男子，挂在了一幢洋楼上方。

讲戏 2017@ 云南大学

仔细一看，确实是红砖高拱的云大建筑。不过吊着的那个人，明明是双手插在裤兜里、脸上写着生无可恋的黄秋生。

每个大学的生物楼图书馆，都会跑出来一些相仿的鬼怪故事。能像云大这么文艺，不耸人听闻，还有点儿生活蒙太奇意思的不多，全拜电影取景所赐。

《太阳照常升起》的第二段故事，在我看来情绪最为饱满，有压抑的饥渴，也有无能为力的反抗，化为隐藏在朦胧夜色和苍劲建筑之中，一大片无从消解的惆怅。

  旱季来临
  你轻轻流淌
  雨季时波涛滚滚
  你流向远方

穿行在黄秋生吉他弹唱《美丽的梭罗河》的至公堂，再从姜文与黄秋生拾级而上的九五台阶走下，穿过学校大门，没走几步，很快就绕回了翠湖边。

恰到好处的距离

翠湖在古代是滇池的一部分，如今成为小家碧玉的市民公园湖，有垂柳，有回廊。春好寻梦，冬可观鸟——海鸥。跟文庙一样，翠湖公园看起来像一个老年活动中心，下棋、理发、相亲、恋爱。它有环湖乐队的歌声飞扬，广场舞带着飒爽的民族风，与其他城市的大不同。

尹丽川的《公园》，取景地主要就在翠湖公园，讲一个相亲相爱又互相伤害的家庭故事——老父亲着急闺女婚事，引出一段中国式相亲奇遇。

多年后重温，发现老爷子是借着社交网络又烧了一把人气火的王德顺。导演尹丽川忙着照顾一对双胞胎孩子，不拍电影了，但据说还在写诗。

片中根本不可能来电的相亲男女，他们各自发呆，也不说话，分享着一样的风和日丽，恰到好处的距离。若是十年后的现在，彼此早就从身上抽出个手机，打破那尴尬的空气。

手机让我们更容易去结识到一个人，手机也让说走就走的旅行变得简单。但在没有手机和网络的年代，人们一样在昆明的翠湖公园喂海鸥，一样在上海的人民广场吃炸鸡，说起来没有太大区别——都是别人眼中的无聊消遣，打发时间。

依然有许多故事发生

昆明、"云之南"和翠湖公园，它们在我眼中，并不是春城、自在、舒适、空气好等词语所能够形容的。我只是流连这里的缓慢、安宁和文化气息，那个能让旧时光和电影片段交汇的昆明。

"云之南"是纪录片双年展，那一年征集了几百部，堪称大年。影展所放映的片子，也并非我无条件喜爱的电影。它们中的绝大多数，由于无缘正式上映，就仿佛不曾存在过。

能看到别人不知道的东西——不被干扰的机器，不被遮挡的影像。我很幸运。

"云之南"没有消失，它变成了一种察觉不到的精神：亲和、开放、包容、平等。它也是一种对待电影的态度，让我可以去拒绝那些不真实的电影，选择另外一种，与欢笑悲伤同行，跟怜悯痛楚做伴地观察生活。

如果电影是一个房间，许多电影与观众隔着一堵墙、一道窗、一层玻璃。你往往需要敲门推窗，得到主人邀约许可，门卫审核批准，才能进房一览。但"云之南"的纪录片，往往连门窗都没有，允许你自由进出，永远在里头。

你可能看到绿洲，也可能看到废墟。

当年我们把影评人奖颁发给丛峰的纪录片《未完成的生活史》。如今，丛峰跟另一位同样出色的纪录片导演马莉在一起，并且有了一个宝贝儿子。

影展负责人易思成来京出差，带我们在胡同深处一番寻觅。在一个大树底下的四合院子，我第一次喝到了外国人自酿的啤酒。这家名叫大跃啤酒的酒馆，火爆至今。这群来自异邦的有志之士，一直用精酿啤酒拒绝着那些比水还难喝的工业啤酒。

认识的几个导演，有的进入间歇性抑郁症的发作阶段，有的回了老家继续画画撩姑娘，还有人种花种草种菜，成为当地小有名气的养生大师。

始建于民国的大学，历经了抗战的建筑，1976年的"看电影抓流氓"故事，1985年飞抵这座城市的红嘴鸥，穿越回90年代的翠湖公园，一部不曾被更多人看到的2007年电影……出现在2011年和2017年的我，继续潜行在这座城市的深水区,游荡于时间的迷宫镜阵。

  许多人与事,就像在此地越冬又要返回故土的候鸟,并不会终止,也不需要停留。

青海湖的露天放映

万玛才旦回故乡

那个事件过后,几个朋友参加完影展,决定去趟贵德,探望每年夏天都要回到故乡静养的万玛才旦。

万玛才旦是一名拍摄藏语电影的导演。自田壮壮拍摄《盗马贼》开始,关于藏区人民生活的影片,不断进入全中国乃至全球观众的视野。但只有到了以万玛才旦为代表的这批藏族导演崛起后,藏语电影才真正屏蔽了与民俗猎奇有关的质疑声音,被归还藏地。

数几只羊,点几颗星

贵德是黄河上游的一座小县城,离青海省会西宁有一百公里路程。很长一段时间,我对藏区的认知就是西藏和布达拉宫。后来才知道,藏语区分为安多、康巴和卫藏三大块。贵德就属于安多藏区。

天下黄河贵德清。黄河自西向东，穿贵德县境而过。万玛才旦就出生在拉西瓦镇边上的小村庄。在他小时候，水利部门在黄河上修建水电站。晚上，住在村里的工人放起了露天电影。万玛才旦就这么跟着远方到来的人们，一起看着来自远方的活动影像，新鲜又陌生。

万玛家的院子坐北朝南，只有一层高。房屋外，传统的黄色围墙围出了一个更大的院落。进大门另一边，是他家的田地，种有农作物，还栽了树。这片庄稼地一直延续到河岸边山脚下，有几只羊，正在地上懒洋洋地吃草。

明晃晃的阳光，总让我眼前发黑。白天的生活景象，并未满足我对藏族人家生活的好奇。与想象的牧区草原相比，这里的平地生活，似乎更像汉族的农耕生活。

入夜，村庄变得无比寂静，可我明明记得，它离县道不到百米。真就是一点儿汽车噪声都没有，好一个鸣虫之夏。

晚饭过后，万玛的家人早早休息了。我和觉人到外边的院子，打量起星空。

来自上海的他感慨，从来没好好看过这宝石般的满天繁星。

我比他幸运一些。

孩时酷暑，外婆家一大堆人，就会在浇水风干后的天台

热气球 2017@青海湖

上，铺几张蒲草凉席。大伙盘腿而坐，吃冰泡茶嗑瓜子。邻家的大小朋友也会聚在一起，玩起"佛公说"之类的游戏。聊着聊着，大家就各自躺下。夜半子时不到，周围就没有了响动，一个个头枕大地梦伴星光入眠。

你肯定好奇，已经睡着的我，怎么会知道呢？

反正啊，我就是知道。

故乡夏夜的回忆是如此的美好。如今抬头看星星，一年也没有几回。

黑暗中，离我们两米处，有一个毫不起眼的、低矮的杂物间。它居然就是《塔洛》的一处置景，是电影里牧羊人在荒山野外栖身的小小的家。他酗酒、纵歌、放"二踢脚"，恐吓不知在何处的狼群。空阔的土地上，出现了一点儿亮光，一声炸响。原来一个人可以如此与世隔绝。

这片土地赋予万玛才旦的真正灵感，正是被自然所包裹的平静与圣洁，还有亘古不变的习俗与传说。

可以回去的故乡

在贵德的最后一天，万玛带我们去县城的"六月会"。集市里人头攒动，却很容易分出来生活在这里的汉藏回蒙各个民族。可惜六月会也已经是最后一天，许多摊位正在收拾撤退，满地狼藉。没有回族的花儿，也没有藏族的拉伊，只有无人光顾的打气球摊儿、吓唬小孩的活动僵尸，还有不知从树林哪个角落传来的动感音乐。

事后我才明白，万玛才旦熟悉的，不是清清黄河上的摩托快艇，不是中国县城常见的游乐场，甚至也不是号称世界最大的转经筒，而是那个宁静的小村子，还有环绕着它的自然万物。它偎依着母亲黄河，面朝拔地而起、有棱角有遒劲线条的丹霞山脉。大山后面的土地，已经布满了改造天地的现代化痕迹。

话少的我，对上万玛，没有太多交流。

"天气真好。"

"这花开得漂亮。"

总是诸如此类的。

沉默少语的万玛才旦更像一个儒雅文人，而不是电影导演。他看书，写小说，拍电影创作，和父母亲还有弟弟一大家人生活在一起。在万玛儿子久美的口中，父亲不是行走在外的电影导演，而是那个冬天要去河里挑冰块，夏天要到山坡那边放羊的年轻人。

他的电影漂泊万里,远走纽约意大利,但我更羡慕万玛的是,他好像一直留在了可以回去的故乡。

青海湖的露天放映

这趟旅行,也少不了像《寻找智美更登》里那样的长途驱车。我们先从贵德出发,赶去青海湖边参加露天放映。

与可以置身大自然、欣赏风景的少得可怜的时光相比,我们白天的时间,大多虚掷在了车厢之内。当时在西藏晃荡了半个多月的阿秋也有同样的体悟:最美的风景,真不是在停下来的几个景点处,而是在停不下来的路上。

《寻找智美更登》是一部关于失落与寻找的电影。导演和摄影在向导的带领下,去寻找适合扮演智美更登(藏戏中佛祖释迦牟尼的化身)的电影演员。导演看中一个适合扮演智美更登妃子的女孩,但从头到尾,她都蒙着面纱,不以真面目示人。最终,他们没有找到扮演智美更登的人,观众也没有看见女孩的面容。

露天放映要等到入夜之时,不料青海湖的日落时间比北

南宗寺 2016@青海黄南

京来得晚。开映前,西边的天空,吹来了大片的积雨云,东北角的湖面上,还看得见雷暴的强光。

所有人都怀着孩童般的敬畏,悄然等待。露天放映充满不可测的风险,既要看天意开始,又随时可能半途收摊。如此一来,时间变得更加漫长。

终于,电影开演了,片长两个半小时。晚风萧瑟,入夜更冷,吹散了远道而来、兴致盎然的小青年。许多人躲进了帐篷,吃羊腿烤火,下白酒热身。落幕散场那会儿,我发现端坐在草地中央的是几个喇嘛——他们从附近寺庙赶来。

从身后望去,喇嘛们的黑色背影打在了白色的幕布上,有如新成的雕塑。虽然相去八千里路,如此带有仪式感的、祈苍生敬万神的放映,让我想起了台湾导演王童献礼金马奖的短片:《谢神》。

登顶南宗寺

寻找风景的道路,总会越走越长。我们从青海湖驱车数百公里,又回到贵德。弯来绕去,上下颠簸,终于到了面积甚大的坎布拉国家森林公园和佛教圣地南宗沟。

同行的张真老师提议下车步行，缓解舟车劳顿。我们停车向人打探，找到一段约莫两公里的徒步小道。穿过像约翰·福特西部片中纪念碑峡谷的丹霞石林，又走到一条躺倒了不少枯枝树干的下坡路。偶尔的鸟叫，却让周围更显寂静。穿透林间的夕照，映射出轻舞的尘埃。身心清澈地享受自然，也是这趟看山观水旅行之中最治愈的时刻。

与轻松愉快的林中漫步相比，攀登海拔2320米的南宗寺是一次挑战。挂满经幡的梯道，沿着斧劈刀削的丹峰横拐直上，落差极大。我自觉体力不济，只好埋头苦攀，抵达山顶之际，寺庙金光璀璨，气势不凡，俯瞰可见南宗三寺的另外两寺：南宗尼姑寺、南宗扎寺，以及尕布寺，生出神圣感与敬畏。

待转头想寻找同伴，发现同行的青年导演、策展人和影评人朋友还在下方梯道上，停在不同歇脚处大口喘气，等着发起新一轮冲顶。

"上面有什么啊？"有人大声呼叫。

"快上来啊，上来你就知道啦！"

我对着他们，还有那一片连绵的碧水丹山，满目的金光黄土，遥远的白房绿树，奋力喊道。

贾樟柯的平遥

平遥城墙,高12米。标准IMAX(巨幕电影)银幕,高应该有16米。

由于城墙限高规定,平遥国际电影展最终没有盖成IMAX影厅,但一座崭新的电影宫如期而至——包括一个名为"站台"的露天电影院。名字的由来,就是那部在平遥取景拍摄,贾樟柯导演的作品《站台》。

为了让电影的幕布抬高,且不"中招",主办方想出一个妙法:往地下挖。露天的白色银幕与可容纳上千人的电影舞台,终于在古城体内诞生。

聚光灯落下,"声色的盒子"不断放大,电影的幕布徐徐升高,越过了城墙。无独有偶,"金马54"也是以飞升的布条、布块的影像拉开帷幕的。在黑暗中,光,引领我们前行。眼前的活动影像,完美诠释了那句话:比生命更广、更大。

布 2017@ 内蒙古包头

灰头土脸

夜里，将近两点，电瓶车满载了三排乘客，疾驰在黑暗的古城里。

入冬的平遥，气温已经骤降到五摄氏度以下。车子一发动，人们都紧扯着衣服帽子，挤坐在一起。电瓶车只有个棚顶，前后左右就连个遮罩的都没有了。寒气在小街巷道里游荡，看见有人出没，就像饿狼猛扑了过来——这样猝不及防的侵略，发生在一个荒野般的冬夜，让这帮不速之客和这座城池，更显寂寥。

大街两边，尚还有一两个酒馆，给未眠人留了几盏昏黄的灯。不消说，这类地方定有外地游客光顾，只是街上已经瞅不见人，里头自然也没有半个黑影子。司机猛一打方向盘，就拐到长长的窄巷里。这下可好，别说人啊车的，就连灯火亮光，也全然消失不见。

众人大声继续着未结束的话题，努力对抗着车子开足马力发出的声音。一车人风风火火地打破着古城的宁静，却又连一条看门狗都没有惊扰到。

连日来，每到黄昏，古城上空就会出现厚重的飘浮物。

作为生活在北京的人，那是一种再熟悉不过的、浓霾的气息。城中人家行事简单，大块的、黑色的煤，带着闪亮光泽，就那么堆在了门口。飘浮物大多是取暖烧煤的灰，煤灰从四面八方升腾、聚拢，低低地飘浮在城市上空。

我的肉眼，几乎可以辨识那些飘浮物颗粒，毕竟距离不远的景物，已经随着光线减弱，跟冲洗失败的老照片一样发糊。城墙，变成了一道高大的暗影，拱卫着消失的黄昏日落。

到了夜里这会儿，人类的活动已经很少，霾也消散了不少。穿过城墙时，车上的人已经不再说话。我们出了上西门，回到各自下榻的酒店。

这车人是先行离开"初见平遥"的电影派对的。电瓶车提前叫好，有人第二天得跑采访，有的要看早场电影。

白天的电瓶车，一位10元，不分寒暑，老少同价。平遥国际电影展的蓝色罩布，给古城里所有的车子换上了新装。我一度产生错觉，认为它们都是影展的专用车辆。如此整齐划一的视觉印象，证明平遥影展虽有浓厚的民间气息，却也有来自官方的大力支持。

我的猜测还有其他依据。开幕式数千人的安保力量，依然挡不住人们围观范冰冰的热情。只是，迷彩服与黑西装的混搭，传递的不尽是安全感，而是城墙般强硬的对峙感，兼有古老的敌意。

还有个早晨，正跟朋友怀念着前天的金色夕阳，突然意识到手上的城墙门票已经到了三天有效期的最后期限。那就还是赶个早，翻上这道墙。

积霾的天气，不适合登高望远。一道惨灰的长墙上，背景已经被昏黄色吞没，只有影影绰绰的烟囱、高塔和方形建筑。无论如何踮脚伸颈，借得一处高地再往高，视野始终被框定在城墙上。

我们计划从北门登楼，走到下西门，这样离电影宫不过百米，时间富余。结果一到城楼上，就发现一道蓝色铁板，封住了通往西门的城墙，令人猝不及防。如此一来，我们就得绕道东门，从古城的那一头，再回到另一头。

平遥古城很有特点。它有着中国为数不多被完整保留下来的古老城墙和城中布局，整个平遥城的格局与龟的形态相仿。南门城墙并非笔直一条，而是顺着柳根河道修建，于是蜿蜒有律动。

前一天游玩到清虚观，已经快到6点。正抬个板凳往里走的售票员，无论如何都不准我们进去参观，让我们明天再来。他一点儿都不想体会这些贪心游客的心情，其实他们只想多转几个地方。

远远看到了东门。它没有了城楼，毁于战争。中华人民共和国成立后，平遥和它的城墙也遭遇了天灾人祸，经过一番修葺，成为今天保留下来的模样。城墙上的我们，走到下东门，发现并没有出口可以下去。只能加快脚步，过了一座又一座的敌楼，完全没有拍照的兴致。从城墙的文庙出口下来，拦下一辆电瓶车，一路冲到电影宫看片。

城内有东西南北大街，其他地方大多是窄街小巷，容得电瓶车驰骋。看自己、看周围、看天色，都是灰头土脸，一看电瓶车，却跳将出绿色"环保"两字，多么不合时宜。

飘

四面八方赶来的朋友，都是为了参加大会之后的平遥国际电影展。

古城里面，曾是连一间电影院都没有的。如今电影宫落成，包含四个标准放映厅，一个五百人放映大厅（名为"小城之春"），还有一个露天放映场地（"站台"）。贾樟柯说，还要再盖两个影厅。在长远的规划里,郊区还要有配套的影视基地。

从无到有,平遥元年(Pingyao Year Zero)的意味深长,都写在了西大街电影宫入口,那几个白色大字上。

我最难忘的,是"月光电影院"。

露天电影院是一场盛大却又遥远的回忆,它蕴含了少年的我,许许多多人的20世纪乡愁,让有电影相伴的童年,铭心刻骨。在银色的月光下,幕布被身后巨大的光束照亮,透着稀有金属般的光泽。看似冰冷的方框,被注入了无穷的光热与能量,如火山爆发,似大江奔腾,上演着古今中外的离合悲欢。

那些拥有电影的夜晚,我时常在座位上灵魂出窍:我是怎么来的,我为什么会在这里看一场电影,周围几百个跟我一样端坐或蜷缩起来的人,他们又是怎么出现的?是在做梦吗,还是梦中说梦?

影展的视觉主题的实物——一款白色的银幕,在平遥老街上升起。我想象着,幕布越来越大,像从天而降的瀑布,把整个城市淹没,让所有人沐浴在电影的光泽中。

晋中大地上的古城,古城里的电影宫,电影宫里的放映厅，你在座位上不得动弹，一环又一圈的包围闭合，电影已经被关到了一个不能再狭小的魔盒空间里。可在露天电影院，眼前世界前所未有的大。电影的光亮，不仅照亮并冲破了天地，也看得到今月古人，吸纳银河宇宙。

开幕片尤其看得我通体上下阵阵发寒。那是一个关于被抛弃的心碎故事，如《站台》一样，讲文工团。两个最热忱的革命小兵，被小集体所边缘化、排挤、抛弃。文工团的小集体到了大时代，又无处安放，不由分说地再次被抛弃。

看这样的电影，我明白了人与人可以互不认识，但电影透过我们的眼睛，进入我们的身体，给予我们灵魂，就如同艺术予人启蒙。灵魂总会认识灵魂。这就是电影。

古城的诸多条框，阻拦了丑陋无趣的现代建筑，也免去了闲杂车辆造成的拥堵和入夜后不休的噪声，给露天放映制造了得天独厚的条件。影展过后，站台上高高竖起的幕布要考虑拆卸问题。作为城中最新的建筑物，它的高度已经持平城墙了。好在也不用担心，来年夏秋，它会在古城再次升起。

电影宫的原址是柴油机厂，之前也是平遥国际摄影展的主展区。我走过电影宫西边的那条小街，直通一排名为"西城村"的住宅。道路两边，原是一格一间的商贩街市，不知为何，店家如被集体洗劫一般，搬迁一空，没有人影。墙灰剥落，爬满尘埃，异常冷清。

远远望见高耸的敌楼，发现它有如士兵的脑袋，惊愕地看着我。《站台》里，崔明亮在平遥的城墙上，张望着尹瑞娟的家。他已经对那里了如指掌，正如他渴望、张罗并谋划好了彼此的未来，但在结尾的蒙太奇里，一代人对时间所能拥有的全部悲伤，似乎被画面凝固，并被电影终结了。他梦想的自己，在做着一个永远不会被火车叫醒、1987年的狂热之梦。那个梦很长，很长，长到等你醒来，发现不是火车带你往南去，而是淋头的开水，呜呼，呜呼将至。

贾樟柯的汾阳老家也有城墙，不过"五座连城"城区、城墙被拆毁得更多，只剩一小段。《站台》的海报场景，拍摄于武家巷附近、四牌楼东的旧法院。鲜红的"为人民服务"褪了色，落了灰，与周围的荒凉岑寂，融为一体。

九龙浴室、春潮澡堂、看见她美发、帅帅饭店、亮亮酒楼、玲玲牙科、三明快餐、二宝饺子馆、老实人水果，看到这些招牌，今天的汾阳与电影中遥指的汾阳，差异不算大。如果你和《汾阳小子贾樟柯》导演沃尔特·塞勒斯那样，重访小城的街头巷尾，我敢断定，贾家庄和文峰塔都不用出镜，

露天电影 2017@ 平遥电影宫

就能收获故人重逢的感动。

《站台》有大半的外景是在平遥古城拍摄,那是平遥正准备大搞旅游业的年头。就如人们所调侃的,山西只有一个贾樟柯。如今,他电影里的外景地,终于变成了独一无二的、中原大地上的电影之城。

中国通马老师(马克·穆勒),念"平遥国际电影展",会把"平遥"两字,变成一个微妙的"飘"字。从一个老外的嘴里飘出这么个字眼,让我产生了莫名的喜爱。倒无关西洋情调,而是贾樟柯说的,他带着电影走遍世界,漂泊流浪二十年,如今只想回到故乡。

"我们可以的。"没有忍住眼泪的贾樟柯,在闭幕式上说。

我的"八十年代"

开幕式上感慨英雄落寞的吴宇森,缅怀过去青春好时光的冯小刚,从威尼斯等浮华场所退休的马克·穆勒,还有想留在山西故乡的贾樟柯。海量的信息,指向了过去。那时候第五代刚浮出水面,香港电影正步入黄金时代。

栗宪庭、张献民几个老师都说,所谓的"八十年代",理想主义年代或者浪漫主义的那个年代,从来没有存在过。那似乎是一场幻觉。我却笃定认为,对八十年代的回望,有如一场事关仪式感和参与感的滚动电影。你可以不理睬,却无法视而不见。

由于签证原因,我没有在寒冷的柏林看到《大世界》,然后在平遥补上了。这样平淡无奇的观影故事,听起来没有一点儿风浪,可在改名与过审的间隙,它能到平遥首映,是非常不易的,各环节不容有一丝差池。

电影所讲的,是同样有着城墙的南京。还是刘健的那个南京,还是刺痛我们每个人的金钱时代。十年前没有解决的"疯狂夺命金"故事,十年后还是没能够解决。迪斯科与网吧,大佛与天主教堂,整容与房地产……刺眼大字与粗鄙大红的招牌背后,是一个被动画降维的中国社会。有钱就有一切,你们想笑,又笑不出来。

> 还有一首诗
>
> 一首朦胧的诗
>
> 还有一首歌
>
> 一首迪斯科

古城 2017@ 山西平遥

张蔷用她"骚嗲狂野"、直上云霄的惊艳声线,在《大世界》结尾,高歌着《我的八十年代》。我不会惊奇,《大世界》用托尔斯泰的《复活》打头,又用迪斯科风格扫尾。同在平遥展映的《追·踪》,笔友看书交谊舞,做的也是差不多的事。

从电影宫走回酒店,夜晚的"又见平遥",外观像被现代封顶的始皇陵墓。我没在西安看过兵马俑,又冒出来如此怪诞的直觉。四四方方的水泥建筑,发散着诡异的紫色灯光。那是光在霾中的漫射效果,竟有催眠发昏的神奇能力。有那么几个角度,它像东直门的中石油大厦,或是虫洞里被扭曲了的金字塔,让人分不清是1984,还是2049。

除了电影,我们也唱歌。

我们进到城中一家Live Bar(现场音乐酒吧)。刚坐定的我,欣喜地问老板,这里可以上台唱歌?

老板惊愕地摇了摇头。台上那几个,原来并不是客人。

子欣说,第一个歌手,像晚上从中关村跑出来解压的程序员;第二个歌手,根本就是在德云社说开场相声的,他的头发已经掉光了;第三个歌手也没有让我们意外,他就像程序员的同事。

红红绿绿的射灯光线,把现场渲染得烟雾缭绕。场内还有另外一桌人，她们晃动手臂，热情附和着台上。又是一阵恍惚。

我还拍了许多枣树。还有一些倔强的枣，挂在枯枝上。一阵阵大风吹过，路面上，围墙上，多了几个油亮的黑枣。这样的日常景象，会闪现在人生中的许多时刻，与不可目测的落地一瞬相比，红枣如何被煤烟和尘土染黑，大概更能激发我的联想好奇。

下午的阳光，落在城门上，墙上出现了奇妙的几何圆弧。古人不只是把平遥古城当成一个御敌和居住的场所，而是当作一样精确的艺术品来修建和供奉。电影在平遥人民的心中是否有那么重要的位置，或许不是一个问题。

电影刚诞生的年头，中国正处于内外交困的年代。回看一百多年间，这片土地上的动荡起伏，已经胜似电影的精彩内容，负荷之下，无从承载。我们不仅要说，还得踏踏实实去做。

有一种电影,叫香港

有一种电影,叫香港

第一次到香港,搭乘广九直通车,我一路最大的触动,并不在穿越新界,看沙田起高楼,或是到了红磡,真踏上了老香港的土地,而是列车从罗湖过关,深圳鳞次栉比的高楼,与对面新界的青山、白云、农田、湿地,形成了强烈反差。再看深圳城市地图,它东西狭长,如猛禽一样振翅,像皇冠般给特区加冕。

边界线由深圳河担任,香港在这头,深圳在那头。边界在历史上有时可见,有时不可见,上演过封锁、穿越和死亡。

我是到香港去看电影的,一看,就是十年。

> 青山原是我身边伴
> 伴着白云在我前
> 碧海是我的心中乐
> 与我风里渡童年

说说1996年。

1996年，香港快回归了，但还没有回归。

演员张国荣在这一年参演了四部电影，分别是《新上海滩》《色情男女》《金枝玉叶2》和《春光乍泄》。这与黄金时代，一个演员一年接十几部电影的纪录不能相比。就今天来看，四部电影相当有水准，比粗制滥造的合拍片，强太多。

陈可辛过早拍出了导致他"再也拍不出更好电影"的那部《甜蜜蜜》。这是麦当劳砸几个亿都拍不出来的形象植入大片，这也是黎明和曾志伟出现在同一部电影中，还都让人喜欢的一次。

另一件对香港电影有着不可言喻重要性的事件，也发生在1996年。杜琪峰和韦家辉一起开了家电影制作公司，原名金麟，后来由金改银，变成了银河映像——二十年间中国影迷最熟悉的一支电影创作天团。王家卫在阿根廷拍片时曾遭遇坎坷，杜琪峰遭遇的是香港电影滑坡。大牌明星掣肘，电影导演沦为产品经理，与拍电影这件事渐行渐远的悲剧事实，促使他推出另一套电影制作理念，强调导演的作者性和风格化，远离过去的香港电影。

经历1995年的创作喷发，周星驰在这1996年比较疲软，

初登场 2009@ 香港

表现相对平淡。我很爱那部《食神》，里面有拼命扮丑的莫文蔚，拼命凹造型的少林寺十八铜人，拼命做菜、用心表演"黯然"、漂染了一头白发的周星驰。总之，里面所有角色都很拼，包括那几颗撒尿牛丸。

这一年，还有李丽珍主演的一部三级片——《连环杀戮》，又名《血腥Friday（星期五）》。光看名字，就能感觉到它的粗制滥造，但它却是我的青春期电影之一。戴白色bra（胸罩）的李丽珍，与亦正亦邪的任达华，被卷入惊悚离奇的故事里。天真幼稚的我，以为是不世出的爱情佳话。

那阵子的三级片，皮相上不同于何藩时代的风月无边，也不同于痴迷人体切割的《3D肉蒲团》，哪怕是《伊波拉病毒》，也不会像《踏雪寻梅》那样，既标榜重口味，又扮深刻。

那是一个茁壮成长的90年代，电影院是萧条的，盗版VCD疯狂印制，和一捆大葱、几颗白菜的价格相当。我们深爱着香港电影，也伤害了香港电影。女神可以从一号排到十号，女神的电影票却越欠越多。

1996年发生的事情，说明有些东西可能会变得更好。对于中国电影，有些东西则被彻底丢掉。这二十年的变化，不是单纯的好与坏，而是一批明星导演的重新洗牌。电影里熟悉的香港街道，变成了面目模糊的内地都市。

加映十号风球

招手欢迎的夹竹桃，沿着北大屿山公路涌动，直抵天际。停靠在海港的作业船舶，支起大小身架，等待下一次出发。辽阔的视域、出行的兴奋、久违的夏日国际电影节，好像都在提醒我，这是一个有风的夏天。

后来注意到天气预报，这一天，2017年8月22号，是香港有气象记录的一百二十三年以来最热的一天。只是从巴士的强劲冷气，切换到酒店的中央空调，我对天热得发狂这件事，竟浑然不觉。

巴士上的客人不到五个。我还寻思着刚才出机场，跟一个小姑娘撞了衫——我们都穿了白底蓝图的驯鹿T恤衫。我一度害怕自己笑场，因为不小心挨在一块儿了，怎么看都像穿亲子装的父女。这只是匆匆行程中的趣味调剂。

这次电影节，前后脚连着两个台风，天文台分别挂了十号风球和八号风球。如此极端的气候，在我们一行人从亚士厘道的爵士酒吧出来时，表现最为魔幻。当我们站在La

夜 2017@ 香港尖沙咀

Taverna（尖沙咀的一家西餐厅）对面店家的门口避雨时，台风雨的阵势，用瓢泼倾盆都无法形容。豪雨如伊瓜苏瀑布般倾注，他们几个就不慌不忙，把烟给点上了。大概半小时前，我陪阿秋在外头抽烟瞎聊时，眼前还一片人来人往的灯红酒绿。对许多香港人来说，挂了风球，交通停摆，不用坐班，反倒是偷得浮生半日闲，无限自在。

La Taverna是杜琪峰《柔道龙虎榜》众多取景拍摄地之一。朝圣香港电影的影迷，已经把能打卡的地方都打了个遍，知道它有这么个电影故事，也不足为奇。雨幕之下，霓虹招牌的光晕更加迷眼，几米之隔都无从辨识。门口的露天座位，也神不知鬼不觉地被收拾一空。

也就一根烟的工夫，雨骤歇。我们也很识趣，赶紧往外跑。一边要小心大脚踩上积水，一边还要在狭窄通道上，避开同样不带伞的狼狈路人。

跑了不到五十米，台风雨又劈头盖脸打下来。那谁说什么来着，他的电影就是一场大雨，但你们观众不要带伞。他说的，一定是云贵高原四月的雨。这八月的台风雨，只是凶险，惊魂又刺激。如此往复了三五次，一路怪叫，我们才逃到尖沙咀地铁站。

淋透了半边人的我，心跳未稳，但一点儿都不发火。以前，常在港片里看到无来由泼洒的一场雨，有时候是晴天，有时候无征兆，有时候根本是消防员没吃饱饭。这个时候总会在想，消防部门总在电影院播放安全须知，看上去是难缠的死对头，可消防车又是拍摄电影的好搭档，道具组造雨必备，尤其是在杜琪峰的电影里。

电影与光同尘，电影又与火同行。这般危险关系，似乎要从可燃的赛璐珞胶片（硝酸纤维素）如何易燃讲起。如今的电影不可燃，却有数据随时被清空的风险。今天的胶片电影已经不好寻觅，告别黄金岁月的香港电影也严重注水。即便爆破中环，炸红磡隧道，玩警队高层宫斗……也还是少了江湖，多了规矩；不提义气，全看民意。名为香港电影的气息，名为香港电影的那种电影——不是三级片，也不是合拍片，离我们越来越远。

几百米的路，我好像穿越了几个电影片场，回想起来有点儿不真实。但这一天，白天看电影，晚上大角咀排挡、尖沙咀酒吧的经历又如此丰满、充实。雨水打湿了手臂肩膀，渗透进T恤，水汽附着在肌肤上，风吹过后一片清凉。

香港这座城市，就是一天然、可移动、巨无霸规格的大制片厂加摄影棚。

杜琪峰为了让《PTU》（机动部队）呈现蓝色夜晚的视觉效果，直接把街上两排黄色路灯换了冷色温的灯泡。光线透着幽暗的蓝，看上去就像沙展丢了枪，全程紧张，后背发凉——原来是夏天空调的循环水滴在了背上。

王家卫没时间写剧本，直接让杜可风收拾摄像机，林青霞戴上金色假发。演员准备好了吗？一二三，冲上弥敦道街头，闯进重庆大厦，演活了一出戏中戏。

曾郁郁不得志的周星驰，把半自传的《喜剧之王》安放在了石澳小渔村，扎根街坊，死跑龙套，被奚落，被嫌恶，却面朝大海，努力奋斗。

许多人说起老港片，都可以滔滔不绝，甚至信誓旦旦地说，到了香港，随便也能认出个油麻地警署或者天星码头。我们从电影里认识香港，以为了解香港人的衣食住行，从发型到潮流，从叉烧到大包，从烧鹅到牛丸，从笼民到公屋，从兰桂坊到天水围，从叮叮车到双层巴士，熟悉到不能再熟悉。到如今，我们比以往任何时候都更经常接触香港，却对香港的一举一动，愈发陌生。两地信息近乎隔阂，彼此互斥，各自远离。

爱杜琪峰，就是自己人

头几年到香港，我住上环皇后大道西。跑的地方，也多是电影院、文化中心、电影中心还有 Palace IFC（国际金融中心）。那时，港岛线还没有通到坚尼地城，上环是终点站。

上环、中环、下环（即今天的湾仔）还有西环，即"四环九约"中的四环。上环见证了香港的开埠历史，有着置身其中就有历史感扑面的老街区。

住所楼下当时是两个潮州菜馆，尚兴和两兴。卖的卤水海鲜，外观低调，价格不菲，据说连周星驰、向华强也经常光顾。此地最早是有三家潮州菜馆并存，如今再到上环，你会看到尚兴一家，已经独占三个店面。

附近都是海味药材南北行，我也去荷李活道看古玩破烂儿。多走几步，可以到西港城搭电车。西港城有天桥，连通赌王的信德中心和港澳码头。紧挨高架桥的天桥廊道，又把它们跟中环连在了一起。地上、地面、地下，都有交通，所以人们讲，香港是立体的。

《无间道》里，黄秋生坠楼的取景地，也在上环。每次路过，往粤海投资大厦门口多看上一眼，都会闪现梁朝伟绝望

差人 2014@ 香港

的眼神。再见,警察。

心情好了就去爬半山,又免不了途中折返。夜半脚步匆忙,还经常踩死下水道跑出来的小强。再往山上走的话,会经过《岁月神偷》的永利街,老唐楼已经破败,流着眼泪走出戏院的老少,在铁栏上系满了黄丝带。《阿飞正传》的卫城道,你要费一些眼神和脑筋,才能想象王家卫如何制造他的氤氲恬淡。那几年的香港,弥漫着忧伤情绪,许多东西抓不着,也留不住。心境落差,就像从黄伟文写给Twins(双胞胎,香港偶像组合)的《下一站天后》,到谢安琪《喜帖街》的情意变化。

对香港的印象,免不了人挤人。电梯窄小,容不下几个。多搭几次,滋生出的根本不是幽闭恐惧症,而是生存恐惧症。过红绿灯路口,容易与人有擦碰,时刻要记得说"唔该"。

那时我已经沉迷杜琪峰,《黑社会》里大D与乐少车内谈判,《文雀》里两拨人雨夜撑伞对决,舞台都是街头人行道。

急促或放缓的"噔噔噔噔"声,听在耳朵里,想的居然都是人生选择之类的问题。像后来别人调侃我,自掏腰包去香港看电影,完全是影迷心态啊。我想回答,这只是选择而已。

有一次，我们坐电车回上环，途中电车道出故障，所有叮叮车都停了下来，像小孩子的玩具车，一辆接一辆，连在了一起。等了几分钟，上下两层的人都下去了，车厢一下子空掉。正当我们看腻了风景，也要下去时，电车又开动了起来。一帮菲佣在外面追着跑。

老城区有属于自己的电影，那就是杜琪峰的《文雀》。片子轻松写意，原声带好听到令人酥麻。拍摄一拖再拖，杜琪峰直接把电影拍成了一篇散文，索性连主线都不要。搞到最后，明明是关于四个小偷的故事，却更像在追忆影片拍摄时，偷偷溜走的那几年时光。

当时我就注意到，电影里任达华出没在上环、中环一带，横行湾仔、尖沙咀，于是我特地拉片，与谷歌地图及自己实地踩点做比对。这认真一比对，发现住处前后两面街道，都被拍进了《文雀》里，不仅有燕窝店、笑脸老板、林熙蕾穿行的老城区、《阿飞正传》的红色电话亭，还有挂着腊味招牌实际上在卖凉茶的店铺，就连平时走去港铁或码头的路上，也藏了不少惊喜。

长腿美脚的林熙蕾，行走在砵甸乍街的石板道上，张皇失色，像误落凡间的精灵。踩着一双高跟凉鞋，裙下生风，带出老城美景。任达华用禄来双反相机拍下6×6的黑白照片，带单车拿莱卡扫街，春风得意，喜上眉梢。电影里有碎步与快门、和着原声带的敲击节拍、轻松自在又不失格调的示爱，恐怕只有拍到抽烟的吞云吐雾时，不懂爱情的杜琪峰才同样情深。

至于舌尖上的刀片，被划破的裤管，不过是魔术师的障眼法。

如果不是银河映像的影迷，恐怕很难理解，杜琪峰拍了那么多高度风格化的类型片，却又能如此任性地鼓捣出来这么个哼哼唱唱、走走停停的口哨电影。我甚至不想把电影往古典韵味或优雅方式上拽，《文雀》拍的不过是杜琪峰理想中的、在变化消逝的香港。

银河映像，是1997年以后香港电影的代名词。与杜琪峰电影的故事一样，上路多年，且还未结束。当年豆瓣的银河影迷小组，有的酷爱截图攻细节；有的囤硬盘抢"资源帝"；有的一三五喜欢杜琪峰，二四六喜欢韦家辉，周末黑银河。一把青春火，烧得最彻底的是阿秋。他索性去香港学电影，给杜琪峰拍了一部纪录片。南下之前，一伙人还整了部致敬短片，名为《夏夜的风》。

三人 2017@ 香港地铁

后来几年，从港岛过了海，住的地方变成了九龙半岛的油麻地和旺角。朋友住哪儿，我跟着跑哪儿，从佐敦到大角咀，从深水埗到石硖尾。看半个月电影已经足够奢侈，平时有地铺打就行。毕竟不能沦落到在电影院睡着，那样太容易感冒。

去的次数多了，别人就不喊我帮着购物了。大家慢慢知道，这个人就只是去看电影的。

阿秋和海树，是我在香港借宿最多的两位朋友。

阿秋是老乡，高大帅气。他精力旺盛，尤其喜欢聊电影，到半夜三四点，还不停。聊到困了、乏了，好，下楼去吃夜宵。

海树是苹果粉，身板瘦削。他一直鼓励我拍照，也分享心得给我。但只有我自己知道，最开始拍的都是什么玩意儿。

我们很幸运，有各自喜欢的东西，也一直在做和电影有关的事。喜欢杜琪峰，就是自己人。

爱王家卫，不用翻译

2012年，北京举办了第一届香港主题影展。后来几个国庆长假，我都泡在影院，重温港片。看了《父子情》和《星星月亮太阳》这样的名片,也有《秋月》和《忠烈图》这种相对冷僻的电影。

爱香港电影的人很多,满座的场次却很少。准确讲,过半场次,都是空荡荡的。原因有很多,排片、场地和策划。归根到底,是因为看香港电影,不再是一件时髦的事情。看一部香港电影的心理价值,远不如去资料馆刷一部名片。约会看港产老片,掉面子。

如今,影展扩散到了济南、重庆、天津、成都、沈阳、大连、昆明等十六个城市。香港电影以这样的方式,给当年的观众,在电影院大银幕上进行一次反刍。又可能,它从没有时髦过,只因为那个年代,我们缺乏精神食粮,如饥似渴。

香港电影文化工作者黄爱玲说过这么一段话:

> 我们习惯了销金窟里的舒适温暖,大概很难明白有时候匮乏也可以是丰盛的。我们放假就往商场里挤,在熙来攘往的人潮里寻觅安全感。在资讯发达的年代,我们以为知识文化就是这么一回事,不需要的时候寄存在电脑里,需要的时候就按按键盘call(找)出来,真是要

多方便有多方便,脑袋嘛,自然可以暂搁一旁,空空洞洞的有房出租。我们有贮藏知识的货柜箱,却没有知识。我们以为看过VCD版本的《迷魂记》,便不需要入电影院看大银幕的《迷魂记》。量不可以少,质却无所谓……

有太多人,看不到一部电影的附加属性。那不是9.9元团购的一张电影票,不是不文明也犯法的手机拍银幕。祖辈留下的旧物家什,不是用来廉价贱卖的。要知道,人类收获的粮食水果,除了就地腐烂,除了果腹尝鲜,还可以用来酿酒,让人类一醉就是千年。

很难用确切的词语去解释,电影是什么,香港电影又意味着什么。有一件事,我倒是确信的:我们观看了电影,电影抓住了我们。

2013年1月24日,在香港的电影院,我又泡了整十个小时。散场近午夜,正打算走回深水埗,突然想起,大南街离得不远。《一代宗师》里,叶问和宫二先后流落到香港,在大南茶室有一番道别谈话。客居他乡之人,回溯民国武林故事。宫二的欲语泪先流,无限动人。

我知道电影是在广东开平取的景,叶问教拳的港九饭店

地下通道 2017@ 香港

已不存在。今时今日的大南街，恐怕跟电影无甚关联。兴起的念头像团火，烧得我心慌慌，好像不去看一眼，我就无法获取王家卫这部作品的密钥。

从地铁太子站出来，不费多少气力，便转到了大南街上。第一眼看上去，这里招牌林立，跟油、尖、旺其他街道，没啥两样。电影里，看着街边层层叠叠的武馆招牌，宫二感慨地说：这不就是武林吗？

如今，街灯依然昏黄，架在街道两边的汉字招牌仍旧夸张，如有一支神笔，舞动在夜空中，挥洒着红漆浓墨，左右上下开弓，写到不眠不休。只不过，影片里的武馆早已不复存在，如今全是五金店和布料铺。

这电影，原来是孤独痴缠、又不愿醒来的一场大烟梦。我也跟着着了迷，失了魂。

王家卫有一点好，他的绝大多数电影，都在讲同一主题，比如爱情，比如时间。像《东邪西毒》照搬了金庸的人物设定，结果讲的是痴男怨女，与金庸基本失联。

《一代宗师》最终留下的，是那扇门开关的时间。它被当作人物传记片，也被当作动作武侠片。那扇门打开之际，王家卫隐晦又正式地给电影定了性：它是一部爱情片啊。尽管电影里，叶问和宫二除了还个扣子打个架以外，什么都没有发生过。以往的王家卫，是炽热，是潮湿；如今是克制，是冰冷，是大雪纷飞，是流落香港，是中年人的无法重来难以忘怀。世不可避，如鱼在水中。

《迷失东京》的台湾译名叫《爱情，不用翻译》，听上去就很王家卫。网上流传着一个已经发霉的段子，说王家卫问，如何翻译"I love you"？演员答："我爱你呗。"然后王家卫说应该是："我已经很久没有坐过摩托车了，也很久未试过这么接近一个人了。虽然我知道这条路不是很远，我知道不久我就会下车，可是，这一分钟，我觉得好暖。"这无疑是个网友编的段子，就像侯孝贤被杜撰出来"不知道哪天要上床"的现世爱情观（《最好的时光》）。因为这段长长的话，是《堕落天使》的结尾台词，网友借它来调侃王家卫鲜明的个人化风格，其中也包含着喜爱。

被要求用一样水果或食物来翻译自己电影时，王家卫这么形容过：《重庆森林》是一杯可乐，《花样年华》是一杯茶，《2046》是黑咖啡。我自作主张地延伸，那《东邪西毒》当然是一坛酒，《堕落天使》是一支烟，《一代宗师》是一枚扣子，《春光乍泄》是一曲探戈，《阿飞正传》是一趟列车。

很多人知道王家卫有拖延症，却不知道他还有深藏不露的幽默感。譬如隔了许多年，再看二十天拍完的《重庆森林》，以前觉得深沉玩味，现在一听金城武和梁朝伟的独白，就会笑到不行。然后也得承认，同时期的刘镇伟和周星驰们，实在福气不浅。

这部电影讨论了"过期"，抛出"去哪儿"的问题，本质上与《春光乍泄》是一致的。只是后者出现的时间点更加特殊一些。字母G，即Ground Floor的简写，香港称之为"地下"，即内地惯用的"一楼"。与其他王家卫作品相比，《春光乍泄》属于地下之下。特写的护照，倒置的城市，片中再没有任何关于香港的场景。

我对王家卫的好奇心，局限于大南街、油麻地果栏、中环半山自动电梯。对夜色中迷宫般的重庆大厦，我却从没有过一次想走进去看看的想法。与街对面的iSQUARE（国际广场）相比，重庆大厦散发着危险、混乱和油污。如此直接的判断，来自面孔有别的南亚族群，也来自没有了九龙城寨的香港电影。

香港早过了起高楼的年代，特色不在新，而在于新与旧的并存。王家卫有恋物癖，尤其迷恋旧事物。旗袍、老上海、爵士乐、香港的60年代。他电影里的香港，基本上是破败的，从服装美术到台词音乐，力求透出岁月的质感。

从《阿飞正传》的马尼拉火车站到《东邪西毒》的沙漠，从《春光乍泄》的伊瓜苏瀑布到《花样年华》的吴哥窟，王家卫电影风景的极致，是洪荒之后的废墟。

人明明在马路对面，却要"穿越九千公里献给你"。不要觉得大费周章，这是浪漫。我不想浪漫，从大南街一路往北，回了深水埗。

深水埗是香港最老的几个街区之一。屋顶的天线，也是风景。密密麻麻，好像从冰冷的灰土上，刨出来大片的鱼群之骨。我总怀疑，应该没人会用天线来看电视了，可你瞧瞧，它们就一直在那儿。

天线接收着香港的过去，就像每家每户门口的小神龛，招引着神州的神明。人们每天见一见，饮杯茶，食个包。微小之处，不用精致，香港就留住了世俗生活的美感。

出演《春光乍泄》之前，梁朝伟说，自己最满意的表演，是在王家卫《阿飞正传》结尾时的那一个镜头——另一个阿飞整装待发。他在直不起身的陋室里，照镜梳头，把扑克牌、纸钞、银仔、钥匙、香烟、打火机、手帕，一一装进了口袋。

差点忘了,还有一开始那把指甲刀。

回到《文雀》开头,任达华也是穿针引线缝扣子,出发下楼放飞鸟。原来两部完全不同的电影,名字都叫香港。

爱周星驰,还需要讲出来吗?

百老汇电影中心离庙街不远,我与朋友们,常选择在此碰头。与电影同样精彩入味的是庙街的市井气。有路边摊,有麻雀馆,有勤劳有怠惰,龙蛇混杂,不一而足。因饱受香港电影和TVB(香港无线电视台)剧影响,初到庙街,不免会有猛龙过江见世面的警惕,最后你不免苦笑,是误入了黑压压的义乌小商品市场。

所有你能想到的廉价货、便宜小吃,这里全都有。被淘汰的手电筒,滚烫的猪红,暴露的小黄本,一切都是鲜亮鲜亮的。颜色不同的繁体字,从笔画到字样,都在提醒着你,这里有古老的中国。那满地黄金、万贯家财的都市神话,经常也是从不起眼的小玩意儿开始的。

摊铺小贩,把庙街挤得满满的。裸露的灯泡球下是一排劣质玉石、仿制名表和紫砂茶具,价格迷人。卖春药、性玩具的，挨着塔罗牌看相铺。流浪汉眼巴巴地对着妖艳的歌舞厅。这一切，都是庙街。流动的庙街，流动的喧哗吆喝，烟火大戏，由昼入夜，从古到今。从天上看，这就是一条发光的河流。

街边的卡拉OK风格简易，如草台MUJI（无印良品）。搁一破电视机，张口即来。缠裹塑料雨篷布的大排档，适合点上一盘香辣蟹，一盘小炒皇，就着蓝妹、狮威，走起。撞见文身光膀的社团人士，也莫惊慌，毕竟在电影里，庙街可是无数大佬发迹的地方，无问真假。

《食神》里周星驰高高在上，终被奸人算计，落得一无所有，后来被庙街大姐大火鸡收留。庙街不只有捶打牛肉的双刀火鸡和抢地盘的仇家，还有小喽啰。周星驰饰演的电影人物，总带有挥之不去的庙街属性。话说，周星驰父母在他小时候离异，他和妹妹被寄养在外婆家。外婆就在庙街摆摊，卖指甲刀，过得苦。

作为香港电影又一号标签人物，你不能奢望在地铁上，像偶遇周润发那样碰见周星驰。媒体同样没有机会像拍刘青云和梁家辉带伴侣逛街那样，逮到周星驰，因为那也是周星驰不会做的。

周星驰还留给影迷一张耐人寻味的照片。那是在银川的街头上,他罩一套头衫,踩了辆单车,被身后的一双纤纤手臂,环抱紧搂。那个瞬间,照片里的两人就像枯水的边城里,暴晒了阳光又等待雨水浇灌的蔫儿了的植物,彼此都不知道还可以继续多久。黎明的自行车后座,坐着张曼玉,周星驰的后座上,是朱茵?莫文蔚?蓝洁瑛?永远是个谜吧。

深居简出的周星驰,是被神化了的香港电影明星。如果看他抛头露面的采访,多数人会产生错觉,这是那个在银幕上疯狂搞笑的喜剧演员?普通话磕磕绊绊,表达不太利索。人前的他,与电影里的判若两人,更像有社交恐惧症。

无论是不是"石斑鱼"的一半功劳,周星驰属于你以为很了解,但其实恰恰相反的类型。好在没有什么关系,周星驰有他的电影就可以了。

周星驰饰演的电影人物,多从一穷二白的卑贱无赖开始,或一开始就富贵显达,再从高处一落千丈,变得一贫如洗,然后回到三教九流聚集、庙街一类的地方,从头来过。最后一部称得上周星驰作品的电影,应该是《功夫》。至于大捞票房的《美人鱼》,根本不入流。几部《西游》,更像是对《大话西游》的强行提款、超额透支。没有得到爱情的周星驰,

新 2017@香港油麻地

不断重复着至尊宝在《大话西游》里的悲剧宿命，循环播放原声金曲《一生所爱》。

还有一个人物角色，最像周星驰自己，那就是《喜剧之王》的尹天仇。

出港铁筲箕湾站，搭巴士或红VAN（红色小巴），翻上狭窄山道，穿过浓密树林，就能到达石澳村。

出了停车场，我们先去海滩观望。几名男子围作一圈，垫着排球。更多的人，躺卧在沙滩上，也不下水。

从天后古庙过来，石澳给人的感觉，更像安静的海滨度假村，小到只有一圈路，十分钟就能逛完。写着"小心慢驶"的路面标志，仿佛只是温柔提示，到了这里，请把心、目和脚步一并放慢，享受真实生活的节奏。

房子外观，淡粉，浅绿，舒适有小清新之味。四周更像是是枝裕和电影里的场景。多亏一块"洪记士多"的招牌，让人又想起了《喜剧之王》。

石澳健康院静悄悄，有闲散居民出没，但也不作声。外墙颜色几乎没有涂改，一切都没什么变化。一个中年摄影师快门按不停，聚焦着身材热辣的外国比基尼女郎。几个小朋友在一处门口玩耍，费力地往门缝里头张望。事实上呢，里头空无一物。遛着三只大狗的东南亚裔妇女走过,只是不见当年的周星驰在弹"小弟弟"。

尹天仇教柳飘飘演戏,扮学生妹,好招待客人。他们一再围绕眼神、肢体和问候,进行轮番的交流学习,又近乎调情挑逗,"笑果"喜人。那个知名的鹌鹑POSE(姿势),那句"不上班行不行""我养你啊",都发生在无人的石澳健康院。

柳飘飘倚靠的小树,已经长壮实,却歪了脖子。如不是被一根铁管顶着,它大概已经趴到地上了。要描述这二十年间的物是人非事事休,这棵树,已经说明了一切。

还好,尹天仇和柳飘飘身后的小门,依然开放着,通往大海。底下是一片小沙滩,方向朝东,赏不到沧海落日。往后看,只有齐遮了大山的云雾,缭绕着阻隔了那边的高楼。这里和那里,都是香港。

《喜剧之王》是部励志片,又是部贺岁片。有人把周星驰的成功,看作香港精神的一部分——只要你勤奋肯努力,打好一份工,那么,这个社会就会回报你以成功。这是从电影推演到现实,还是现实交汇于电影,我们不得而知。

我会来到石澳村,是影迷的职业病作祟。要从时间、趣味性和投入度来说,石澳未必有西贡或南丫岛好玩。

细路仔 2017@ 香港石澳

维多利亚港 2014@ 香港

我决定去西贡，细雨不停，游客稀少，跟朋友随便上了一艘小船，绕着桥咀洲，取最简单的环线游览。过连岛沙洲，上桥头岛，路上有火山喷发形成的菠萝包石头，龟裂着，有的黑不溜秋，有的黄不拉叽，散落一地。地质资料说，这已经有一亿年之久。

船家是个老阿太，头发微卷，已经斑白。她左脚踩舵，气定神闲，就好像从出生到现在，一直都在船上过活。只要她愿意，也可以像个壁虎，吸附在船上任何角落，惊涛骇浪不动摇。我们围观的火成岩，海岸侵蚀地貌的褶皱，看上去就像映在了她的脸上。

不长的旅程，缓慢的速度，我们先后在渔船上睡过去，船速突然减慢，冷不防被惊醒，往海面一看，已经清可见底。原来是礁石区。离出发的西贡码头，终于不远了。

南丫岛的回忆，是明晃晃的。岛上晴空万里，草木苍绿。阿婆的豆花，沁凉的树荫，还有好事者用粉笔写的：小心野猪出没……

我们从榕树湾，走到了索罟湾，恰好又有朋友从中环码头过来会合，等来了朋友，三个人索性再折返回去，从索罟湾，又回到榕树湾。路过一户人家，墙角有棵腿粗的芒果树，结满累累的青芒果。虽不想摘,不能吃,看着也欢喜。

这次远足又登山,叫我早早在人生清单上写下:去香港爬山。如此做法,提前解决了一个将来麻烦:万一哪天到了香港,不想购物也不想看电影,那我还可以爬山。

你一定会问,为什么要爬山呢?

"因为山在那里啊!"

这样的问答,就像一个俗套的电影对白。

后记

1997年的《香港制造》,有这样的台词:"我们这么年轻就死了,所以我们永远年轻。你就惨了,还要慢慢熬。"从1984年到1997年,从1997年到2017年,香港电影陪伴我们一代代人成长。

21世纪以来,港片已死的论调,听得人耳朵起茧。最近,终于没有人再唠叨这个话题,太好了。因为一部电影六十亿票房的新时代,已经不需要香港电影的故事了。电影归电影,香港归香港。

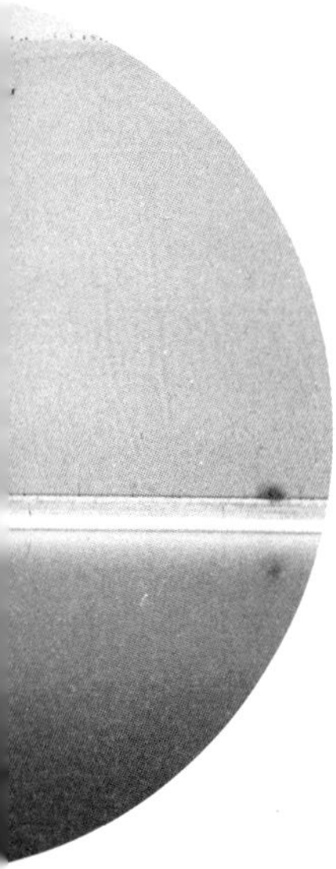

洛阳有片汪洋大海

徐克与朋克

二十年过去，徐克们还在挑衅电影观众的常识认知。

《笑傲江湖2：东方不败》把明朝万历年间倭寇侵犯的故事，跟金庸笔下的江湖儿女并置一处。据说十分钟不到，在电影工作室看片的王晶就头皮发麻、遍体生寒。

电影工作室有许多好看的电影，导演署名并不是徐克，像《新龙门客栈》《笑傲江湖2：东方不败》。我才懒得理会，它们多是出自徐老怪之手吧。

少年时代的我，最难把电影里福州沿海的船炮跟现实中的福建人文地貌联系在一起。虽然不出多远就有山有海，金庸小说亦有描写福威镖局的福州篇章，可徐克把苗人勾结浪人造反、日月神教试图立国等事情，安插在一个纯属虚构的LGBT（性少数）电影里，依然洗刷了我的眼睛。

后来，去香港学电影的朋友一语中的：东方不败有不切实际的政治抱负，行动派、双性恋、懂音乐、崇拜者众多……很明显的，她（他）是个朋克。

一旦把徐克与朋克气质联系在一块儿，那他拍出再夸张的电影，亦不足奇。

到了《狄仁杰之神都龙王》，不少人困惑于洛阳城外有大海这个设置。我对着那张海平面上升了百米的古代地图，不以为然。与《东方不败》的剑气劈分人、徒手摘首级相比，如今的徐克们，一头扎进了神怪故事，可谓是安分守己。偶尔冒出来个蒸汽朋克红孩儿，观众已经瞠目结舌。

有人说，那是香港导演缺乏历史教育；也有说，幸好他们没有翻开过那套教科书。不过，从影视城到实地取景，香港导演始终无法摆脱类型片通病，干任何一件事，最远的距离，大概也就是拍马杀到新界、坐船逃到台湾之类。能把八百里路拍出周游世界的风尘浩荡，恐怕也只有酷爱暴走苦行的胡金铨了。

所以，在电影疆域里想象一片汪洋大海，对他们来说，是再熟悉不过的。毕竟香港本就是南海边上的岛屿。

妄图在徐克跟当代的西安、洛阳之间建立关联，恐怕是徒劳一场。古都赐予电影的灵感，并不会超过两个城市名字带给中国人的宏大想象。只是生活在这片土地上的人们，往往苦恼一件事：开谈浪漫之前，我们的想象力到底跑哪儿去了。

洛阳的空白

我是在一个风雨晦暝之日抵达洛阳的。

出门时急急匆匆，我还嫌穿多了衣服、脚上马丁靴太沉。赶到北京西站，更是臭汗一身，一到八百公里之外的洛阳，大雨瓢泼，再上下一看，自己的行头全然是为这个天气准备的。

洛阳电影资料馆的老胡在车站接我。虽有三四天时间，但我还是得抓紧着，先把最著名的龙门石窟和白马寺游览了。

我在龙门石窟转了一下午，饥肠辘辘。老胡一口方言，浓到化不开，他直接把我领到了洛阳的老城，吃过本地特色的浆面条，又吃了一碗五块钱的丸子汤。

饭后自然是散步时间，雨却没有停下来的意思。

一个白天过去，我与老胡的沟通，仿佛还处于一半猜测一半糊涂的神交状态。我们各打一把伞，撇下身后的影子，绕过几个巷口，就到了东大街。

就这样，在一片黑暗中，我进入了洛阳的现在，还有过去。

生于泉州的我,早早在历史书上看到过西安和洛阳,它们同为古都又是历史文化名城。永春县城边上,不偏不倚坐落了两个村子:西边是长安村,东边是洛阳村;往市区走,有洛阳江有洛阳区;最有名的,大概是那座跨海的洛阳桥。

洛阳与泉州,经常被安放在各种版本的"失落的中国城市"里头。相比被中国当代史作为重要城市记录,洛阳也更习惯于出现在古诗词中。

除此之外,我对洛阳的了解一片空白。

几次前往西安,想过要不要顺道游洛阳,结果总是错过。

东大街的夜雨

洛阳东大街长八百余米。名为大街,实际也就是容得两辆车对过的小街。这倒是像极了那条停留在20世纪90年代的泉州西街,过一辆公交车,就要陷入拥堵。

从老胡口中,我得知这片老城有着和其他城市一样的拆迁命运。拆迁,或是拆迁到一半的停滞状态,更加凸显了这座老城的尴尬。

几兴几废,它的繁华,最终被时代与历史遗弃。

石板路坑洼不平，制造了大量积水。我们躲避着不时经过的车子，也要提防着脚底下的"黑水地雷"。

街灯昏暗，行人稀少，东大街完全没有我想象中的生气。准确说，是根本没有，所以在黑暗中更显得破败和阴森。一家又一家卖纸扎、花圈、寿衣的冥具店，间杂山石字画店和老中医馆，还有许多电影《百鸟朝凤》里的唢呐匠铺面。洛阳老城比我想象的还要萧条。

我无意去追悼千古兴亡事，正如史学家感慨的，如今西安地表上遗留下来的唐代建筑，也只有几座塔。与西安一样，洛阳的故事都埋在了地底下。前几年，轰动一时的洛阳性奴案就发生在那里。

历史不一定是黑暗的，但历史就躲藏在眼前的黑暗中。正如眼前这一方小小的鼓楼，它根本不像一处景点，远不如西安的壮观气派。老旧的砖墙，破损的坑洞，却自有它的无言历史，恰到好处地置身于这片低调无言的老城区。

黑暗给我制造了无边无际的想象，不见前后人影，但闻上下雨声。我相信白天的东大街，一定是另一番景象，估计可以望见老城背后、没有性格也缺乏特色的新建筑。如果只是寄身于酒店所在的西工区和工作的龙门区，我不免要以为洛阳是个千篇一律又无所适从的中国新城。

快走到东大街与西大街相交的十字街头，行人多了起来，也有了商业步行街的模样。我和老胡一路交谈，然后穿过了新建的丽景门。它同那些拼命想要上台面的新古迹和仿古文化街一样，不过是假古董的亲戚，拼命涂抹着历史的痕迹，画上让看客信以为真的窗门装饰。

无人的东大街，冷风飘雨的夜晚。它再一次告诉远道而来的游客，想要领略中国的千古风华，只能借助于想象。

伊河与洛河交汇的伊洛河

白天的洛阳也在下雨。

龙门石窟前浮动着五颜六色的伞，好似伊河发了一场大水，从上游带来了成群结队、喧哗不止的游客。

蓝伞下的我，混迹在逆流而动的游客中，沿着西山石窟的宾阳洞，经万佛洞到莲花洞，瞻仰过卢舍那大佛，又从古阳洞，再过漫水桥，到了东山石窟。

站在香山寺高处的亭台，远看伊河那边的青山绿水，莽莽苍苍，大小窟洞，深深浅浅，我不由叹服古人凿壁雕像的

自画像 2016@ 河南洛阳

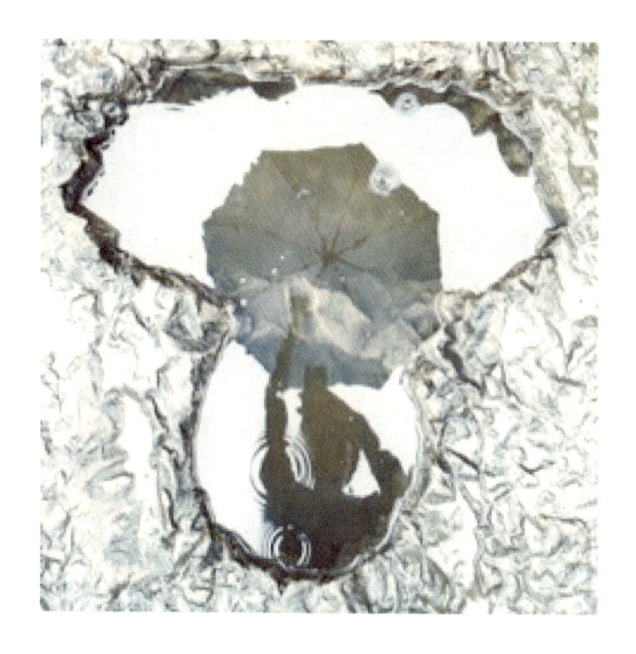

信念。汹涌的游客，已经变为不可辨识的点的集合。原来随着游客观看方位、距离和视角的变化，龙门石窟也可以在一瞬间，穿越到过去。

参观龙门石窟，印象最深的一幕，莫过于拾长阶攀登而上，初见卢舍那大佛时的豁然开朗。大佛面貌安宁，慈眉善目，俯瞰众生。虽在历史上遭遇过被斩断肢体（双掌）的命运，但表情依然是千古不变，嘴角带笑，诉说着佛家的心无嗔恨。

《狄仁杰之通天帝国》中，武则天为自己建六十六丈高的通天浮屠，想来也跟眼前被称为武则天像的卢舍那大佛有神秘联系。电影里，通天浮屠最后轰然倒塌。龙门石窟历史悠久，却更像一个从灾难中幸存下来的遗址。

这人为破坏的效果，比时间作用的海枯石烂更惨烈。回想张掖大佛寺看到的卧佛，眼睛长有四米。它边上的罗汉像，眼里原有琉璃宝石，却在疯狂的年代被一一抠挖、无情掠走，留下一个又一个惶恐、不解和愤怒的黑色空洞。

慢悠悠地出了景区，老胡再次表示抱歉，因为每有亲友前来洛阳，龙门石窟都是必赏之景，所以实在是陪亲友看了太多次，不然一定陪我走一遭。他也补充道，夜游龙门同样震撼，不过现在没有机会啦。

几天后，一行人同游洛河北边的白马寺。寺庙香火旺盛，兜转一圈，撞入西侧的国际佛殿苑，矗立有印度、泰国和缅甸风格的寺庙殿堂。眼前登时空旷，阳光炽热，一阵恍惚。

白马寺往东，是齐云塔。路上满地槐花，清幽雅深。我们经过了狄仁杰墓，那是一个堆高的圆冢。绿植低垂着颀长的枝条，压满了古人的坟头。

走过连接齐云塔院的飞桥，一旁的老胡讲道，白马寺后边有个精神病医院。这么一说，我发现底下果然有些荒诞异样。一条积水的道路，指向了一道冷冰冰的自动铁门。后来顺藤摸瓜，查证他人逸事过往，不乏欲游白马寺却误入那间精神病院的记载，也是魔幻奇事。

离开洛阳，我往西而去，路上经过位于黄河东转的拐角处的风陵渡，一时感慨万千。见多识广的张献老师连忙指正，原来我所眼见的风陵渡镇，离历史上的风陵渡还相去甚远矣。附近的地理环境因三门峡的修筑早已改变，连潼关都不在原来的位置了，更别提这些古渡城池。

古人骚情，地图文青。但又何妨？

我所想象的风陵渡，必然不是今天的风陵渡。如我所见的寺庙佛像，虽被劈斩损坏，却依然被瞻仰，只因它们的容颜，凝聚时间的重量，同时提醒后来人，有些东西，确凿无疑地存在过。

先人漂泊南渡，流离失散，思咏故土，终不免往南，再往南，又下南洋。一切都在更改，历史面目全非。

我只管闭上眼睛，想着晴天的伊河上，可以泛舟慢游，再哼上一曲。

"白云飘啊，绿水摇，世间多逍遥。"

只记今朝笑。

西安：属于地下的城市

家在丝绸之路上

那时，看了井上靖的小说，听了喜多郎的音乐，手上还添置了一台单反相机，就想着，可以去丝绸之路走走。

一路向西的旅行，起点就定在了西安，然后转西宁，再从祁连进甘肃，从张掖、酒泉到敦煌，再飞乌鲁木齐，最终抵达伊犁哈萨克自治州的昭苏。八千里路云和月，大小红点落黄沙，一张路线图，就这么连接了起来。

西安：属于地下的城市

到过西安五次。作为著名旅游城市，西安游客确实很多。有一回是国庆，我选择了错误的时间；我出现在了回民街，又身陷一个错误的地点。想到自己也是给别人添堵的一员，当时只有一个念头：下次再来。

好在总有人少的时候。赶在清晨或傍晚，我打城墙下走

祈祷 2014ⓐ 西安小雁塔

过,好奇地看着街头理发摊。一人一座一师傅,只要几块钱。全神贯注的剃头匠,一门好手艺,全摆在了年纪上。

我也学本地人掰馍,掰上一刻钟。就仿佛羊肉泡馍的精髓不在汤鲜、不在肉美,而在于把一个馍掰到又细又好。羊之美味,都跑到了馍里头。

穿过朱雀门,想起了消失的北京城墙。那些城墙,我从未亲眼看过。我在南墙根下的小酒吧,看那道结实的城墙,从斑灰变成牢不可破的黢黑。

城墙上,不时冒出几个人头,探出半截身子,他们若有所思地张望着,好像在寻找什么新鲜故事。这让我想起了一组电影画面,我确信,它就发生在西安。是刁亦男的《制服》?王全安的《纺织姑娘》?可"地下电影"和"劣迹导演",好像不会采用大又广的俯瞰镜头。我甚至想到了阿甘的《高兴》。最后才想起来,是"幻术大师"成泰燊主演过的一部奇葩爱情喜剧,叫《马文的战争》。

我也跑上了城墙,确实不只高人一等,登时就变成了不同的天地。脑子里冒出泉州导游都会说的一句话:"地下看西安,地上看泉州。"老家那边的人,一定是太想宣传泉州了,才会想出来这等夸张的句子。

站在城墙上看这座城市，现代气息已经很浓。尤其是往南，西安像北上广深一样建起了高楼。唐代保存至今的地面建筑物，有大雁塔、小雁塔和宝庆寺塔等。其余的好东西，确实都是在那地之下了。

城墙是明朝的，比之唐朝，方圆已经缩水了一大圈，幸运的是得到了完整保留。战乱时代，有人从地底下挖出了画有唐大明宫详图的古碑，又有人在一户人家的台阶上发现了唐太乙宫详图的古碑……因有实物为证，人们才相信，唐朝的长安城，确实比后来的西安大八倍不止。

由此联想到陈凯歌，为拍《妖猫传》，其幕后团队斥巨资修建了那座位于湖北襄阳的唐城。

沿着城墙，我漫无目的地散步。逃过了环城公园里的暴晒，在湘子庙访古纳凉，去五星街的教堂拍照，在莲湖公园发呆。

我也出城，去北郊的汉阳陵。车过渭河大桥，我意识到自己正在泾河与渭河汇合处、由冲积形成的原野上。

汉阳陵是汉景帝的陵墓，被建成了地下遗址博物馆，有透明的玻璃甬道，周围满是精致小巧的陶俑。我错以为，阳陵会是一个七上八下的地下迷宫，不料兜转没多久，就回到了地面上，真的是节约为美。整个过程像上了一堂生动直观的关于文景之治的历史课。

穿过阳陵边上的小树林，走了几百米，见一石碑。上写"汉惠帝安陵"，清代陕西巡抚毕沅所立，此君在保护陕西文物上，大有功绩。惠帝的故事，我一直记得，他个性仁柔，在茅厕见到戚夫人被自己的母亲残害成"人彘"的惨状后，他哀伤地向吕后说，这种事不是人做得出来的，儿臣是太后的儿子，终究没有办法治理天下。惠帝大病一场，之后全然不理政事，又借酒浇愁，致成宿疾，最后抑郁而终。公元前188年，农历八月戊寅，惠帝崩于未央宫，年仅24岁。

后来，我好奇心大增，查询一番史料，发现毕巡抚所立的安陵墓碑，居然立错了地方。准确说，毕巡抚为古代君王立的碑，大部分都立错了。汉朝的皇帝，身不在此。真正的安陵所在地，离阳陵还有段距离。我突然想起原野上刮过的那阵风，周围空无一人。

太阳一落山，大雁塔西边的广场，就归了跳广场舞的大妈。北边的音乐喷泉，人头攒动。我不喜欢大雁塔，就是因为这个喷泉。在一个看上去就缺水的城市里，在一个矗立千年的古建筑面前，非要搞一座格格不入的音乐喷泉。

尘土 2014® 西安汉阳陵

水柱腾空之际，地底传来热烈的音乐声；保安驱赶游客的刺耳哨声，压制了游客们操持的不同口音的方言。

我喜欢小雁塔，幽远、心静。从博物馆出来，随便往长凳上一坐，看他人从寺门进出，听许愿祈福的钟声。嗡嗡声中，俗世烦恼，去无影踪。一直待到了闭馆时间，出来一个大叔，把散落的游客，逐一请出了景区。大叔说，早晨来，拍照更好。我嘴上不语，自知喜欢日暮，人去楼空，更有过去的味道。

后来，读陈渠珍的《艽野尘梦》，百余人闯鬼门关，走出羌塘草原的恐怖冬殇，九死一生。原本以为从此水草丰茂，人间暖艳。不料从西宁到西安，生死相伴的藏族女子西原，突然撒手离去，被葬在了小雁塔。作者就此辍笔，我竟泫然泪下，不能自已。

夜落草木，那就是我今日的甘肃

下次你路过，人间已无我

那一年，认识了一个裕固族姑娘。

赶上有一场《家在水草丰茂的地方》放映，讲的是裕固族少年骑着骆驼，踏上寻找父亲和故土之路的故事。姑娘当时在京郊工作培训，我就喊她一道观看。说来奇妙，我们就见过这么一次面，就好像我认识她，只是为了一起看那场电影。

"走过了千佛洞，穿过了万佛峡，酒泉城下扎营帐。沿着山梁走上那高高的祁连山，望见了八字墩辽阔的牧场。草绿花香的八字墩草原，变成了裕固族可爱的家乡。"

电影放映结束后，姑娘一再坚持要听映后交流会，并且拿了话筒准备发言。她想说，电影所表现的，与现实的族人生活，大有差异。

我能理解她的感触。一部讲述草原文明被现代所侵蚀的独立电影，免不了有概念先行，也甩出CG（计算机动画）手笔,直言水草丰茂的地方才是草原民族的故乡。但在姑娘看来,现代化也未必不好,至少族人的生活不至于凋敝破败。

我问过导演李睿珺,他的家乡在哪里?

他说,甘肃高台。一边用手比画着一座山脉,我们在山这边。肃南裕固族自治县,在山那边。

姑娘啊,或许电影就是那道山,我们的生活在这边,翻过山,电影在那边。它是一道分水岭。那边的风景,也未必会让人得偿所愿。

《家在水草丰茂的地方》有一路的景致奇观,李睿珺的其他电影,就称不上有太好的风景,都在讲人、讲事、讲村子。

人可以是风景吗?也可以是。

消失近千年的丝绸之路,令我们风沙迷眼,一味沉陷在寻找过去的苦行之中。只是对于汉唐的人们来说,我们不正在路过他们的未来?

导演丛峰有一套纪录片三部曲,名为"甘肃的意大利"。气质是意大利的,但故事都发生在甘肃。

在一篇作文中,古浪县黄羊川职业技术中学初中学生王晓彤这样写道:

"昨天,她卧在贫瘠的山脚下,安静而沉默,几乎与世隔

彩虹 2014@ 祁连卓尔山

绝。今天，她站在群山顶峰，看到了外面的世界。明天，她将融入社会，走向世界。这便是我的家乡——黄羊川。"

黄羊川，位于甘肃省武威市古浪县城东南。这里有座中学，叫黄羊川职业技术中学。《未完成的生活史》把镜头对准当地一群老师。此地贫瘠，与世隔绝，是艺术电影喜欢的场景。片中有人说，去一趟南方回来，发现这边根本不是人待的地方。

作文与牢骚的反差，还不是残忍。忍是进行时，也是数十年的常态，不像看得见的生老病死那么直接干脆。如主人公的突发感慨，当他调离黄羊川，进了城，他站在群山顶峰，看出去的，依然是山——一道又一道，难以逾越的屏障。

丛峰没怎么拍教书育人的课堂，影片更多在讲述这群老师的日常生活。黄羊川的生态环境不断恶化，风沙时常造访肆虐。师生们一起，种下小树苗。他们在办公室聊天扯淡，夜夜划拳醉酒，有唱有跳。他们像洞穴时代的远古人类，相聚取暖，又在酒精的篝火中，烧透了自己的生命。

我是从青海的门源、祁连，绕回甘肃的。一进张掖，就有种回归城市的熟悉亲切。无论张掖还是酒泉，它们的城市布局，完全是仿造西安（长安）的。又据说，最远到早已成为废墟的碎叶城（今吉尔吉斯斯坦境内），丝绸之路上的城市，都有相似的方圆格局。

酒泉火车站，是我人生三十年见过的最荒凉的城市火车站。火车慢悠悠地停下，我慢悠悠地下了车，东张西望，不急着出站。

我问别人，这趟车空那么多节车厢，是没人去新疆了吗？

他说，不是，这是留给部队官兵的。

待要出站时，我发现，出入口的铁门，居然给锁上了。候车室一片静寂，没有山寨机的轰鸣，没有熊孩子的打闹。人们在等待下一趟列车，就好像它晚点了许久，永远不会来。站前广场，有那么三五个人。一个穿过广场的老人，佝偻着身子，慢吞吞地挪着步子，几乎要摔倒在地。还有七八辆车，其中一辆是警车，其他就什么都没有了。就在那一刻，我才觉得自己是真的到了大西北。之前的陕西、青海，还有张掖都不算。

从酒泉往东北，是东方航天城，中国的卫星发射基地，直抵内蒙古边境，你可以飞向太空。从酒泉往西再往南，是敦煌。你可以流连鸣沙山的夜晚，也可以选择在莫高窟泡上一整天。如今的数字技术，已经可以让你足不出户就身临其

沙漠 2014@ 甘肃敦煌

境，但许多人仍不远万里而来，选择沉入地心。

酒泉往西不远，是远离铁路、人去楼空的玉门老城。名为《玉门》的纪录片，由三个导演用过期胶卷，自导自演，重构影像。酥软的游魂，刚正或诡谲的歌谣，间或响起的画外旁白，飘荡在满目萧然的残砖断瓦之中。

从酒泉一直往东可到兰州。听到我想去兰州，做地陪的朋友显得有点儿尴尬，他觉得好像也没什么地方好玩的。于是，我们就去了黄河铁桥。话题免不了比画刀子的青春期回忆，汉回藏学生打个架，誓要打出校门，人人都争一口气。听这个故事时，我正在夜市喝着一碗牛奶鸡蛋醪糟。

后记

达坂，意为山口，说是源于蒙语。用更长的词句描述，是经过漫长的盘山公路，终于到达了高高的山口，目的地就在山下不远处，仿佛已经能看到。我跟多数人一样，知道有达坂这个词，还是因为那首《达坂城的姑娘》。

这趟丝路行旅，我经过两个值得标记的达坂：一处是进门源的达坂山，连绵不断的云层，压低了祁连雪山和金黄色的原野,蔚为壮观;一处是前往昭苏的特克斯达坂,尘土飞扬、狂沙乱卷。车子爬得辛苦,我们呛得不轻。

人生如攀不假,坂上之云为证。

维吾尔的老司机

司机去出差

去新疆前,它是我一直想去的地方。离开新疆以后,它是我还想再回去的地方。

向往新疆,可能是因为对帕米尔高原的向往,也可能是对那六分之一中华疆域的认知渴望,更可能是对雪山、草原、戈壁、沙漠等流动风景的好奇心。

时过境迁,新疆以两副面孔出现:一是想象中的新疆,瓜甜人美牛羊肥;一是空白的新疆,三百天断网生存的凶险之地。

为了消解困惑,我决定去一趟新疆。

维吾尔老司机阿布拉依

"你不行啊!"

阿布拉依涨红了脸,吊高嗓门,大声说我。

未完成的画 2016@ 新疆乌鲁木齐

知道我跟他同一年出生，不仅没结婚，而且没女朋友，这个维吾尔老司机有些坐不住了。

他用不太流利的汉语，带着满足的口吻，讲自己娶过两任妻子，娃娃有四个。现在跟第一任妻子重归于好，生活很知足。

阿布拉依小个子，板寸头，一张圆脸，扑红扑红的，看着不像有四个娃的中年男人。说来好笑，我一直听着他的人生故事，又感觉有哪个地方完全不对。后来才意识到，即便身边很多人在朋友圈晒娃、囤尿布，但压根儿就不存在抚养着四个娃的同龄人啊。

称阿布拉依为老司机是有理由的：他出生在卡车司机之家，父亲是一名跑长途的硬汉老司机，据说跑了几十年，从不误工。

刚到喀什，我们托当地朋友找一名司机，包车去塔县。一来二去，就联系上了开出租车的阿布拉依。

出疏附县时，这个老司机开着"老人家"的车速。后来他不断跟我们解释，因为有摄像头，市区车辆超速了要被罚款。

到塔吉克村庄时，他坚持要洗车。我们一看，不就是后面轮胎沾了几块泥巴吗？跟他说回去了再洗吧。他坚持要当天洗，并不认为是个麻烦。不一会儿，就手拎红色小桶，跑了出去。

阿布拉依深得父亲真传，开车技术了得。他也十分爱惜他的薄荷青出租车。车内整洁，玻璃明亮，坐垫儿没有一点儿污渍。他还放了清香剂，确实是个爱干净爱收拾的男子。

进了塔县，专注前方路况的他突然停下了车子，我们还以为他要找个偏僻角落方便，不想，他只是对山坡上的草丛产生了兴趣，揪了几个野果子回来。

"很棒的，可以吃。"

他手里拿着几个深黑色的浆果，连蓝莓一半大小都没有。

翻沟爬坡，一番折腾后他的脸涨得更红，但很着急的阿布拉依，就是说不上野果子的名字。

又跑了几公里，我们碰到在路边摘采浆果的塔吉克少女，这才知道，原来它是野生的黑枸杞！大伙顿时兴奋了起来，拿出一个大草帽，分头开摘，直到把大草帽装满才肯离开。

返程路上，阿布拉依又在一个毫不起眼的地方停了下来。这次，他是对着一些红色野果子产生了好奇。结果，远远看他咬了几口，板着脸回来了。太酸了。

在塔县住下的那个晚上,阿布拉依跟我们同吃同住。饭后,他并无睡意,拉住我,神神秘秘。

出去一看,他指着一个大桶,原来是旅馆自酿的玛卡酒。

"好东西!"

阿布拉依竖起大拇指,又特别强调了一次。

我明白了他的意思,立马要上两杯。接过前台小哥递来的玻璃杯,我们两个人对碰后,一饮而尽。

小哥看傻了,说,没有人是这样喝的。

但我们才不管呢。

塔吉克人家的待客仪式上,他索性接过刀子,客串了一把宰羊的好手。朋友们骑着小马,抱着小羊,跟孩子们在草地上打打闹闹,玩作一团。我听闻过类似的游历采风经历,却始终有怀疑,该不是排演好的一场戏吧?我承认带了许多刻板印象来到新疆,最终它们被一一打碎,丢在了荒无人烟的国道上。

我和阿布拉依跨过小水沟,顺着青青草地,上了山坡。脚踩一堆堆乱石与一丛丛野草,爬上了村子后面的高冈。金色的夕阳,从国境最西边,铺洒在山谷的腹地。我们的影子被拉得很长很长,越过了村庄,长到几乎可以触及对面的山冈。

巨人模样的影子,看得我们恍恍惚惚。阿布拉依意味深长地问我:"在这里,让你有吃的、有房子,你想住多久?"

我说:"应该可以住上半个月吧。"

他摇了摇手指头:"一天都不想待,我想回喀什。"

年轻的老司机,露出了爽朗的笑容,又有点儿狡黠在其中,意味深长。

"家里舒服,有老婆,有娃娃。"

他补充说。

回了城里,阿布拉依邀请我们去他家里做客,准备了几样爽口凉菜、热气腾腾的手抓饭、馕和水果。他为没能亲自做拿手的手抓饭感到抱歉。

阿布拉依的家人在里屋,时不时过来添茶,示意我们多吃。阿布拉依的母亲有严重肥胖症,平时只能在家静坐。扣着小花帽的父亲人高马大,身板硬朗——这个跑货车的老司机,就是我想象的那副模样。

我们笑着聊天,不断翻出前几日路上的点滴。那些记忆,也储存在了阿布拉依小儿子手上的小机器里。虎头虎脑的他,像洋娃娃般可爱,正在地毯上,把玩着朋友的微单相机。

赛里木湖 2014@新疆博尔塔拉

十六首诗

十几年前,网上流传着几部"打真军"的文艺片,猎奇者趋之若鹜。《九歌》就是其中之一。不过它跟屈原没关系,电影讲一对男女在音乐节相遇,最后分手。中间就是唱歌滚床单,唱歌滚床单,唱歌滚床单。歌加起来,刚好九首。人们夸它美,画面像MV(音乐视频)——它确实就是MV。

2015年,有两部中国独立电影"失而复得",一是朱文的《海鲜》,影迷曾百闻不得一见,早已成为化石;一是雎安奇的《诗人出差了》,足足十二年后才拿出来完成剪辑,好比整理残骸。当年出资的方励,突然成了中国艺术片教父级别的人物。主人公诗人竖已经结婚生子,大了肚腩,不再写诗。

看着《诗人出差了》,我想起了《九歌》。

片子做工粗糙,拍得不美。里头吟诵的十六首诗也被说写得不好。但不得不讲,它唤醒了中国电影少见的、名为诗意的东西。

看这片子需要克服一点东西。常识大抵会导致偏见,比如性,即便不丑陋,也是个禁忌。研讨这类事情,大家最好锁紧门窗。又正如那女演员多年前就脱掉了的衣服,最好还能被一件一件地穿回来。

电影一头一尾都在"嘿咻"。诗人气虚话短，羸困颓靡，他已被生活跟旅行轮番压榨，吟个诗，都弱不禁风。拍电影的玩不出新鲜花样儿，反正都是性那回事。《九歌》看上去很美，值得加分。《诗人出差了》其貌不扬，即便闪亮，也好像是淘自废品垃圾堆。这就是大写的偏见。

DV（数码摄像机）镜头拍到的，是琐碎无聊的中年男人、仗义的卡车司机、被孽子气炸的柜台大妈，还有一堆胡刻乱画名字里的阿孜古丽。

晃荡个不停的巴士上，诗人和乘客一起，被甩得七荤八素。

"我走过许多地方，最美的地方还是……我们的新疆。"

一个中年人不管不顾，高唱了起来，羞涩中，带着自豪。

《诗人出差了》拍摄于2002年，电视里还放着1998年的《生命之杯》。长得像弥勒佛却不像电影导演的雎安奇，带着诗人演员，搭各路司机便车，在故乡新疆，画了一个圈。

摄制组只有两个人：一名演员，一名摄影师兼导演。摄制组机动灵活，两个人互相折磨。黑白画面粗糙不堪，手持镜头习惯性抖动，不少人会把它误当作纪录片，就像雎安奇鼓捣过的《北京的风很大》——像是恶作剧，深得街头电影的行动精髓。

《诗人出差了》在疲惫的欲望与低保真风景之间穿行放浪，居然保留了无限接近旅游真相的影像。它所传递的枯燥乏味、道听途说与永远没能够亲近融入的情绪，堪称中国旅行的真实写照。我说的旅行，显然是漫无目的、搭车上路、说走就走的那种。

那么，诗人为何发配自己去新疆？

可能这是太适合纵情撒野的一片广袤的土地，大到你可以无视自己的存在，大到面向沙漠，被大风扬起，下一秒就可能会被抛落进海洋。如果说，北京城里的几处海，兼有文雅风水之意，那么这里的净海、瀚海、热海、西海、夷播海等历史地名，似乎牵扯到更深处的神经。脚下这片土地，可是欧亚大陆上，距离海洋最远的地方。

《诗人出差了》提前印证了后来旅人的浪漫想象与无端恐惧。今天的小青年向往独库公路的风光，徒步穿越雪山草原树林子。从博斯腾湖到赛里木湖，时间有如赛湖中的大洞，吞噬着日常的荒诞。

我的两趟新疆旅行的终点，分别是伊犁的昭苏和喀什的

瓦恰 2016@ 新疆塔什库尔干

塔县。不能自驾的行程，确实多有不便。我不是向往日出的年轻人，却发现自己变成了看到火烧云就会激动的"霾都"人。我明白了，最美的风景都在路上。至于旅行，我只求完成计划。

离开昭苏的前夜，举国上下都在欣赏超级月亮。它白得夸张，亮如晴昼，好似走马灯上的瀑布，昭示着昨日记忆不可追。我对这样安然的月光不陌生，只是离上一次看见已经很远很远，得追溯回少年时代。那时只知道未来还远，日子又长。时间和这个世界，它们会悄无声息，在那月光之下，天真美好，无忧无虑。

后记

七夕那天，胡西木拉提离开县城，行驶在回故乡瓦恰的路上。那是一辆挂着520牌子的摩托车，一辆还没办证的新车。

我们请他帮我们拍合影，就这样，几个不速之客，又跟着他，一起回到了瓦恰。热情的塔吉克人，握手，拥抱，煮茶，杀羊。我们爬山，骑马，拍照，还抱着八天大的小羊。

离开塔县的第三天，胡西木拉提就发来短消息，连着三条：

> 希望你们快来我们家
> 快给我们发照片
>
> 希望你们快来我们家
> 快给我们发照片
>
> 希望你们快来我们家
> 快给我们发照片

帕米尔之心

2006年，卡勒德·胡赛尼的小说《追风筝的人》简体中文版面市。次年，同名电影问世，取景于新疆的喀什以及塔什库尔干。

不少中外游客慕《追风筝的人》之名而前往喀什。我是在离开喀什后，才看了马克·福斯特导演的电影《追风筝的人》。

对一个以评论电影为工作的人，好像有些不可思议。更不可思议的是，我在观看电影的过程中，不断浮现出来喀什老城的格局，还有那些在追逐风景的路上，无意拍摄下来的照片——它们居然组成另外一组活动的影像，与那个遥远的阿富汗故事缠绕交织。

原来，电影里的1978年的阿富汗首都喀布尔，就是十年前的喀什噶尔（Kashgar）。

喀什噶尔

以吐曼路为界，喀什老城被分成了东西两片。

东边较小,是破败不堪的高台民居,随处可见坍塌崩落的迹象——却保留着改造之前的古城面貌。

西边以艾提尕尔清真寺为中心,经过修葺整改,焕然一新,成了喀什古城旅游区。初到喀什的人,定会被这片暗金色、高出地面的城墙堡垒所吸引。

古城是开放式的,除了有工匠商贩,还有大量居民,他们世代居住于此。景点照理是不收门票的,但在北边的几个出入口却是要门票的。有一次,出租车司机跟我们抱怨,不知道哪些倒霉蛋会从那里进去。

商业气息浓厚的吾斯塘博依路,贯穿了老城西区。好几个下午,我都跟朋友在附近的阿图什巷转悠。未必是暑假的缘故,街头巷尾总有蹒跚学步的小娃娃和学龄前后的小朋友,有的推小车,有的玩气球(《追风筝的人》在拍摄时就是用气球来代替风筝的),打打闹闹,小朋友的数量多得超乎想象。几天下来,我注意到至少有十对双胞胎从我眼前经过。一问朋友,原来大家都注意到了双胞胎很多的情况。

电影里,满城都是放风筝的孩子,现实中,喀什老城确实是有那么多的孩子。

喀什孩子被放养的状况,让人想起生活在内地城市的独苗们,从小到大要被七八个大人盯紧,什么都要学习,想想都好玩不到哪儿去。

太阳还没隐匿,艾提尕尔清真寺广场对面的夜市,就开始热闹了起来。

风雨无阻的小摊贩,用熏得发黑的木头板子,上下扇动起热风,催着通红的炭木,烤炙出新鲜的羊肉串和大腰子。烟雾弥漫在顾客的眼前,也让置身其中听不懂维吾尔语的我们产生了错觉,难以自制地多抓了三五把。

提起刀子,以不可思议之速度切分开西瓜甜瓜的中年大叔,建议我们先吃,再买。看身边已经围了那么多吃瓜群众,我们愉快地买了好几份。大叔说,熟透到只能吮吸着吃的甜瓜,当地人叫它老汉瓜,意思是没有牙的老头最爱吃这样的瓜。

喀什夜市被称为黑暗料理王国,并不只是因为其夜色温柔,还因为有个头大、膻味重的羊蹄羊头羊棒骨。

但见有一大铜盆的梅子水,口味不同的酸奶刨冰,被冰山状的大冰块所包围。

铲子上下跳动,冰屑拽着流光飞舞,十余秒后,一碗手工刨冰就制作好了,浇上取之于本地的酸奶和蜂蜜,不仅解渴，还健康到不行。忙得不可开交的梅子水老板，接过硕大无比的冰块，直接照地上一砸……这么原始的破冰方法，看得一旁的两位丹麦小哥肠胃一紧，直了眼。果真是原始又生猛。

从东八区过来的游客不免会觉得，夏天的喀什，白昼特别漫长。过了晚上12点，夜市还是灯火通明，攘攘熙熙。赶逢周末，附近疏勒、疏附的民众也会来城里游逛，挤爆了连接清真寺和夜市的狭窄地下过道。

《追风筝的人》并没有描绘夜市的繁华热闹。毕竟，1978年的喀布尔，已经倾注了导演的美好想象。相隔三十年，相去八百公里，喀什能以假乱真，被全世界的观众当成是在阿富汗境内，这有电影艺术的功劳，同时也证明这座城市富有人情味、历史质感和生活气息。

世俗生活，与放风筝、追风筝的民间盛事紧紧联系在了一起。在尚未修葺一新的老城屋顶上放风筝，之于电影里的阿富汗和今天的喀什噶尔，都成了无法重现的旧时景象。

一部缅怀阿富汗物阜民康、短暂和平的好莱坞电影，封存了不为人注意的喀什人文风貌，怎么想都是神奇的事。十年间，喀什对游客们来说，也是原封不动，被时间遗忘在了

酸奶 2016@ 新疆喀什

白沙湖 2016@ 新疆 314 国道

中国的极西边陲。可变化总还是有的，从城市内部来说，它发生了不小的改变，试图吸引更多人到来。

电影里不断出现的阿米尔和哈桑童年时代的故事发生在喀什噶尔老城。它以吾斯塘博依路为主要场景，连接了到清真寺的艾格孜艾日克路和菜巴扎路。阿米尔父亲喝着茶看孩子们放风筝的百年老茶馆，如今也还在。据说，过去喀什有不少这样便宜惠民的茶馆，如今消失殆尽。

茶馆的简介上写道："今年62岁的茶馆老板阿布力孜·库尔班，有7个孩子和12个孙子。"

最后一段话也让我记忆犹新："日子越来越好了，阿布力孜·库尔班还再婚了，添了个女儿。"

显然，它应该是从报纸上直接摘引下来的。

老茶馆有本地人喝的黑茶，一壶只要几块钱。如果想寻找更文艺一点儿的异域风情，在阿图什巷还有更安静、符合年轻人口味的古丽茶坊。二楼的露台，墙上的照片，必不可少的无线网络和精致用心的茶点……不失喀什风味又有城市下午茶的熟悉感。

《追风筝的人》里还有一闪而过的牛羊巴扎和丝绸巴扎的场景，巴扎是维吾尔语里集市和市场的意思，喀什底下的疏附、疏勒、莎车、英吉沙也有巴扎，时间各不相同。

以喀什为例，荒地乡附近的牛羊巴扎是每周日一次，丝绸巴扎所属的东巴扎每天都有。

由浩浩荡荡、堪比行军队列的商人队伍组成的牛羊巴扎，是中外游客都不想错过的热闹景观，他们从喀什地区各个方向，驾驶着摩托、三轮、皮卡和大卡车而来，载着成千上万头牛羊驴马。

本地人如果不是想买牛买羊，是不会想去牛羊巴扎的。据可爱的古丽们说，因为那里"太臭啦"。

游客们即便买了牛羊，显然也是带不走的，所以只有伸长了脖子，亮出手机相机，跟茫然不知所措的牛羊们，互相打望着对方。游客们很想靠上去亲近，但牛的蹄子和羊的角却是不长眼睛的。它们被拴绑在不同的摊位上，有的红着眼睛，有的异常淡定，等待主人与别人的讨价还价，等待着被交易的命运。

塔什库尔干

后来，阿米尔从巴基斯坦白沙瓦出发，回阿富汗寻找哈桑的儿子。从这部分开始，《追风筝的人》的场景基本是以喀什通往塔什库尔干的314国道的风景为主了。

塔什库尔干（Tashkurgan），简称塔县。县城东北侧有石头城，属唐朝遗迹，也是西域三十六国的见证。

电影里，童年的阿米尔和哈桑在石榴树下玩耍，并许诺一生相伴，方才引出了"为你，千千万万遍"的关键台词。背景深处，就是风吹日晒了千百年的、光秃秃的石头城。

如果说，喀什是近乎异域之地，那么，塔县则有一番世外桃源的景象。以塔吉克人为主的四万人口，散布在帕米尔高原中的河谷平原上。大路朝天的县城两边，是美丽的河滩和壮观的雪山。电影里出现的喀布尔城，可以看作塔县的升级放大版。与塔县相似，喀布尔也被群山环抱，但人口众多。作为绿洲的喀什城区则不然，飞机起降时你都会看到，包围城市的是一大片的土灰色，那是荒漠和沙子的颜色。

常在内地景点拍照的，总是要想方设法地去掉背景里的其他游客和路人。在塔县，你似乎永远不用担心有其他人会进入你的取景框，几十公里下来，你往往很难找到成群结队的人类。

从疏附往南，经过《追风筝的人》里出现的奥依塔克红

雪莲 2016⊙ 新疆塔什库尔干

山。过红山口不久，所有人都需要下车通过第一个边防检查站。再颠簸上几十公里，才能到达布伦口水库。曾是沼泽湿地的白沙湖，如今以映入眼帘的梦幻蓝色，告慰一路疲惫的游客。

314国道沿途是西昆仑山和帕米尔高原，雪山连绵不绝，山脉寸草不生。巨石崩落，沙尘滚滚，几百里地荒无人烟。这些地貌令内地游客叹为观止，它们在事实上又跟帕米尔高原西边的阿富汗连成一体。

动人心魄的公格尔峰和公格尔九别峰，难分伯仲，无与伦比。名字听上去仿佛很好吃的慕士塔格峰，也吸引着人们前去探索冰川。在喀拉库勒湖，你可以看到雪山环抱的景象。这些壮美雄浑的风光，同样出现在了《追风筝的人》里。

在慕士塔格附近的盘山公路边，我还发现了两座遗世独立的小房子。在电影里，它们浓烟滚滚，边上还有一辆被引燃的车子，象征着战火纷飞、民不聊生的阿富汗。这满目疮痍的房子是怎么来的？电影摄制组搭建的，还是原本就有的？我无从知道。

在塔县的那几天，我们试图往瓦罕走廊开进。据说沿河谷一直朝里走，就可以抵达中国与阿富汗的一小段边境线。

也有说，边防士兵会及时出现，将这些好奇心太重的游客拦下，请他们打道回府。

十年过后，国界那边的塔利班似乎被挫败了。阿富汗在国人印象中还是民不聊生、战乱频发，是危险加恐怖的地区。敢往那边走的游客，完全配得上"胆大包天"四个字。讽刺的是，战争一结束，似乎也带走了世人对这块土地的关注。叙利亚和逃往欧洲的穆斯林难民，成了知识分子热衷的新话题。

令人无奈的景象同样发生在国界这边，南疆地区常与紧张不安联系在一起，但以我在喀什和塔县看到的景象，它们自然、平静，停留在了少有人来打扰的旧时光。

我们并没有走近阿富汗。路上，伙伴们被塔吉克人的几个毡房吸引，远远还看到挥手示好的小孩子。妇女们围在炉边打馕，旁边还有几条狗在发呆偷懒。

与塔吉克人在一起的时光，总会让我坠入对几百年前生活的想象。当客人从远方到来，他们煮茶杀羊，不求回报。我在书本和网上看到过相关的描述，但置身其中，被热情包围还是感动得想哭。对这些善良的人们来说，现代生活和城市高楼是那样遥远——连三百公里以外、六七个小时车程距

慕士塔格峰 2016© 新疆塔什库尔干

离的喀什对他们来说都已经够远了。

有人说到了2017年,往返喀什和塔县的路就能修好。修好的路,是否会带来梦寐以求的新生活?什么是新?什么是梦?我们都无从解答。正如我们目睹高台民居的破败而产生的争论,焕然一新的喀什古城似乎少了时间的味道,但断壁残垣中的居民,何尝不想住进高堂大屋。途经太多相似又丧失特色的中国城市,见过深陷在实用主义和经济数字中的新老县城,我却一厢情愿地希望,喀什跟塔什库尔干,它们最好还是别跟上那股涌动于东部的大潮流。

不消说,喀什也想发展旅游,塔县更是。喀什老城变新了,塔县的公路可以飙上180迈。但正如《追风筝的人》拍摄完成后的静寂,动荡纷乱间,一沉寂就是十年。

第一次飞向太空的人类,从上帝的视角,看到了一颗脆弱的、被云雾和海洋及绿色植物所笼罩的蓝色星球。人类和他们引以为傲的摩天高楼和人造建筑,并没有留下明显痕迹。置身南疆,我体味着毫无保留的热情,又在高原和雪山间,意识到人类与人类社会的渺小和荒诞。这里或那里,过去和现在,许许多多的事情,无非是惊人的相似与重复。

借助一本书和一部电影,哪怕是一趟比较深入的旅行,你都很难真正去了解阿富汗的苦难，或是困扰喀什与新疆的现实问题。

选择读书、看电影、出外旅行，源于对人类的生命和生活的世界还有着无穷尽的困惑、好奇和求知欲。如此一来，慢慢充实自己，并塑造出一个与别人不同、有独立思想的"我"，组建一个我眼中的世界。

现实中的喀什，电影里的喀布尔，是大多数人一辈子都不会踏足的地方。人们容易惯性地以为，这是强行发生的关系，生拉硬拽的联系，有泛滥的抒情、虚假的同情，还有圣母心的怜悯。但如果发生在新疆的事情，与你我无关，它何以会成为今天人们闻之色变的地域。

我读《丝绸之路新史》，最有感触的，不是名为正义的战争，或是不正义的和平，而是无名小人物的故事：被丈夫抛弃的妻子，汇报洛阳沦陷的粟特人，在中亚失败的唐军，还有被圣战击败的于阗。因为发生在单独个体上的坎坷命运，几乎是注定会被遗忘的，有能力记录历史的往往是冰冷无情的文字，后来人看不到，也想象不到。更何况，从地理距离来看，它们离我们实在太远太远。

往家国历史靠拢的论断，容易逞一时口舌之快，失之轻率。好在对书本和电影的好坏评价要简单许多,毕竟,《追风筝的人》留给观众的还是与自己内心的懦弱、黑暗斗争的启示,正如原著里有很多关于罪恶和良知冲突的描写。说到底,最难写的,还是人;最难揣摩的,是人心。

无从去对抗周遭的人类,只能选择审视自己的内心。我总觉得,自己在南疆追逐的是风景,而不是人,风景容易千篇一律,还没有人。但我总希望别人能在风景里,看到自己。

哈尔滨的故事还没结束

冬季纪念馆

没有雪的冬天,总疑心是个假冬季,尤其是在北京。

机场快线两旁的树,光秃秃的,不时暴露出几个鸟窝,黑黑一团,像地下通道里头流浪汉的蓬头乱发。降温带来的七八级大风,刮得连人带车趴地上的,我也见过。没有雪,意味着几个月或半年时间,是没有降水的。没有水,灰尘、扬土、雾霾威力升级,把整个城市搞得脏兮兮。就连裹紧了暗色羽绒服的人们,看上去都变得面目可憎。

有了雪,那就不同了。人人都想起女诗人的话,想起了北平,落得个白茫茫大地真干净。

我从大连参加完影展,搭动车北上哈尔滨,跟朋友会合,再飞往漠河。朋友是南方人,执意想看看北方冬天的样子。我的这个旅游清单上,一直没有漠河这个选项,因为在我看来,海参崴、库页岛、贝加尔湖,甚至是堪察加半岛,随便一个,都比漠河更有韵味。

一个警察 2014© 黑龙江漠河

那几年特别流行"说走就走",我也喜欢如此,反正闲着也是闲着。冬天的哈尔滨和漠河,迎接我们的,都是雪,这里有棉被般的积雪,封冻的大河,还有让老司机产生雪盲症的森林公路。

路过一岔口,有警察打着手势,示意停车。摇下车窗后,他礼貌地提醒我们,积雪路面,小心驾驶。就在那么一个瞬间,警徽、棉帽以及裹着执勤大衣的那个人,叫我想起了一个远在哈尔滨、同样裹着大棉服的警察。人们称他为拆弹专家,他的生命,献给了爆炸物。

他是一本随便翻完的书

范雨素说:"我的生命是一本不忍卒读的书,命运把我装订得极为拙劣。"许多人读来,觉得文字充满力量,铿锵有声。

生命像一本书,句式看着眼熟。拍摄《千钧。一发》时,高群书去见电影主角的原型——2003年鹤城大案拆弹英雄、齐齐哈尔市的民警于尚清。被炸成重伤的于尚清说过这么一句话:"我就是本书,谁来了都翻翻,翻完了就完了。"

我们置身于这样一个时代：人死后，到底是变成文字，还是变成二维码？无论是《知音》《故事会》，还是《萌芽》《看电影》，把自己的生命，比作一本书或杂志，始终相对体面。但这本书，也有可能是盗版的印刷品、淘汰的字典，甚至是禁书和反动读物。

后来，片子里的角色就叫老鱼。高群书找来了另外一个警察——哈尔滨某派出所副所长马国伟——饰演于尚清，或有杜琪峰电影说的那个意思，穿上制服，就是自己人。

《千钧。一发》的故事有点儿黑色。好朋友的褒赞，也有点儿黑色，"好到简直不像是高群书拍的"。老鱼本不是专业拆弹的，土制炸弹也不是一定要拆，但命运就像一条被引燃的导火线——自从老鱼被顶到前线去，成功拆掉第一个炸弹，就接二连三成功地拆除了第二个、第三个、第四个……

不得不说，这样一个拿生命做赌注的故事，观众能猜到结尾是没有悬念的。炸弹爆炸，老鱼变成了报纸上的一则新闻：徒手连排11枚炸弹，身负重伤。他像木乃伊一样，躺进了医院。

2014年，躺在医院的于尚清，像人民英雄一样去世，并得到有关部门表彰。再回到于尚清的那句话，是他这本书不好看？不，因为那书是别人写的。《千钧。一发》叫人唏嘘感慨的不只是老鱼的命运，还有全片唯一一个职业演员——那个总在老鱼身边打转的女警察。这个年轻的女演员，后来离奇死于家中，起因是撞破鱼缸。就像电影片名那样，他们的生命，突然都被圈上了句号。

《千钧。一发》取景于哈尔滨的道外。道外的道，就是指铁路。百年以前的滨洲铁路，把哈尔滨一分为二，东边是道外，以前住的是中国老百姓；西边是道里，住的是洋人。

在道外，很容易被中华巴洛克的中式小洋楼外表所迷惑，充斥着洗心革面的百年老店。刷上时代新漆的历史建筑群，有黄有红，繁华又喜庆。只有走到边角巷子，随处一拐，进到院落里头，那才是人们说的老道外。

门额墙边，到处刷着红色的"此栋房屋危险""严禁靠近"，到处都是肆意堆放的木头。连接二楼的梯子，歪歪斜斜，随时会散架垮掉一般。还有私自搭盖的小木板屋，一看就是胡乱搭盖的违章建筑，到处都是龇牙咧嘴的缝。塑料布、广告横幅、招贴海报，满不在乎地躺在杂物堆里，展示着司空见惯的、不成形的平民拼贴美学，雪白得刺眼，院子乱得扎人。四处都像有火灾隐患，又像刚经历过一场大火。

滨洲铁路桥 2014© 黑龙江哈尔滨

院子里停着手拉车、三轮车、电动车还有蹦蹦,有的落满了雪。道外出没的蹦蹦,后边屁股顶上,都挂个脉动瓶之类。有一个瓶口还冒着热气,大概是有人刚回到家,准备吃午饭。

《千钧。一发》把主人公丢进这等的环境,小警察混得跟平头百姓一般寒碜,老爹病了,老婆儿子没工作,房子不够住,关系没得走。这家庭,本身就是危险的爆炸物,如即将被大雪压塌的屋顶。

再后来,高群书在另一个北京民警的故事结尾,加了一场纷飞的大雪。夜幕下的北京,寂静安宁,凡人琐事,都被掩盖,渺小不可见。雪片之大,足以平息整个电影故事的焦躁——虽然我更相信,那场我也亲历的北京大雪是天意,拍着拍着,就赶上了。

爱并不是那么简单

哈尔滨的故事,还没结束。

我沿着松花江岸,爬了一趟滨洲铁路桥,才到达道外。后来才知道,我的御寒抗冻能力是多么惊人,因为去过欧洲大陆的柏林、靠近北极圈的特罗姆瑟,一对比才发现,那些地方的冷,完全和哈尔滨零下二三十摄氏度的冷没得比。

男人步步紧随着女人,走过松花江面,上了滨洲铁路桥。他一把拉住女人,并死死抵着。"我是来帮你的","都会过去的",他斩钉截铁地这么说道。

这是电影《白日焰火》的经典一幕。拳头大的黄球灯,模糊了铁桥上的斑斑锈迹,还有围住女人的铁丝网。眼神好的会发现,男女身后的钢板上,有游客路人的各种涂鸦,其中有一句可以完整辨识的话,看上去是用涂改液写的:"爱并不是那么简单。"

后来我在桥上,还看到"是好人""我会试着喜欢你""永远在一起""只爱你一人"之类的情侣寄语。密密麻麻,足有成千上万条之多,像唱不完的流行歌曲。间杂其中的,少不了粗鄙不堪的下流脏话,不是相声,也不是饶舌,与之相比,几块钱的挂锁,作为连心的成本,价格是有点儿低。但无需言语的爱,我终归是喜欢的。可有谁知道,江水底下,又埋葬了多少钥匙。

我是缩手缩脚上的铁路桥,并不简单。虽然全副武装,但在外头溜达了个把小时,一上桥面,就发现有点儿扛不住,走了不出几十米,更觉寒风刺骨,完全不知道是从哪个方向吹来的。裸露在外的脸部皮肤,冻到撕裂般疼痛,那是水分被夺走的警报。整个人就这样被吹乱了,继续再往前走,大概就会在地上爬了。那时候,我特别想变出一件熊皮大衣,套身上,变作一个球,一路滚去北岸。

《白日焰火》是一部完全属于哈尔滨的电影,尤其是冬天的哈尔滨。如果不在对的季节,你都无法找到滑野冰的外景地。防洪纪念塔附近的滑冰场,会跟随季节变化出现又消失。当冬天如约而至,冰层足够厚实,码头上的大小船只动弹不得,你就能在昏黄的灯光下,听到伴奏《蓝色多瑙河》响起,追上那对拖着身子、缓缓前行的男女。

4点多,哈尔滨的天空就暗下来了。人们从四面八方钻出来,到松花江上活动。冰刀、冰车、冰床、爬犁、雪圈、冰上摩托,还有更简单的,一个人拉着另一个人跑,最后两个人都失去重心,栽倒在冰上。

《白日焰火》也在道外暗藏了信物。红星大舞台在电影里改头换面,变成了男人和女人看电影的红星电影院。电影还是3D的,配的红蓝眼镜。现实中的红星,是二人转剧场。如此反差,本身就像一出人间喜剧,仿佛也再次说明,电影确

白日焰火 2017@ 内蒙古包头

实是会骗人的。

道外有属于自己的电影院——松光电影院和新闻电影院。

松光电影院已经停业,住进了寻常百姓。外墙蒙了一层暗色的炭灰,几十年里落下的尘土仿佛落满了胶片放映机,机器沙沙作响。那几个方正大字,与道外街头不时可见的俄文字母,专供后来人缅怀凭吊。

新闻电影院,几乎与上海的大光明电影院同龄。作为电影院,它的名字也一直变来换去,后来索性就被叫成"新闻"。如今,新闻电影院也变成了二人转演出的台子,名为"哈尔滨地方戏院",有着暗黄的外表。大红配大绿的招牌,一度把建筑主体给盖住了。后来经过一番收拾,才没有那么高调。你大可以理解为,人民不仅需要电影,还需要娱乐,刺激的那种。

从有117年历史的滨洲铁路桥,到并不存在的红星电影院,《白日焰火》把哈尔滨封冻在了世纪交接前后的某个时间段里。刁亦男大费周章,跑去了抚顺矿务局拍电车,那里的景致与崭新的、拥有现代大剧院的哈尔滨或者俄罗斯风情的哈尔滨都相去甚远。电影不是现实的反射,而是寄身于现实的灵魂,它可以冰冷,不见阳光,就像在肖斯塔科维奇的

《第二圆舞曲》中，在白天升起的焰火。

你是不是对我有意见

与警察道别后，我们的小汽车，又小心谨慎地回到雪道上，沿着其他车辆轧出来的辙痕走。这是漠河三天旅行的最后一天。司机说，他天天看雪，眼睛已经有点儿受不了了，问朋友借了墨镜戴上。

他的东北腔很浓，无所不谈，让我想起在北京的老朋友，吉林人雷公。这几年，我已经不太敢跟雷公喝酒。这家伙实在太能聊，每次都会聊到凌晨四五点，十年不动摇。

中间有一次，看其他人不在，老司机略带自责地问我："小伙儿，你是不是对我有意见？看这咋整的。"我登时一愣，不对啊，车费也不贵，他也没有恶习，我为啥会对他有意见？

我说："没有啊，你怎么会这么想？"

他说："我看你在副驾上坐着，也不搭我的话啊。"

看来，与东北人同坐同行，不聊天是绝对不行的。

如果逐一描述每天的旅游行程和打卡景点，那么，这应该会是一篇漠河旅游攻略。可是,对于包车旅行的人,漠河游的路线已经被设计好了。与我们结伴的,还是两个导游专业的姑娘。横竖下来,就那么一条环线,寒暑无差,不多不少的,三天时间。少了,你觉得有遗憾;多了,你也觉得无聊。所以,作为攻略它有点儿索然无味。更何况"找到北了"这档事,与在天安门看升国旗体验到的仪式感无异。

对我来说,第一次到漠河,与第一次滑雪的体验,差异并不大。我到过,我玩过,仅此而已。

第一天的白桦林,是个比较年轻的景点。没有指示牌,没有旅游设施,往林子里踩一段路,就会看到一大片白桦树,笔直挺拔。碗口大的很少,大部分只有女生手臂般粗细,向上拥抱着蓝色的天。

白色的雪,白色的树,阳光打在雪地形成的阴影,一排偶然的脚印,居然还挺美,是完全由线条和对比构成的美。东北人可能习以为常,我却未曾见过。

图片与影像记录的美,与实地眼见的美,是截然不同的。你打量着白桦树,看得到翻卷而起的树皮,像片羽,似薄翼,在阳光下发亮。白桦树上有无数只眼睛,都好奇地看着你。一旦你认真观察起来,有的是杏眼,有的是桃花眼,栩栩如

林海 2014© 黑龙江漠河

生，不禁产生错觉，这片林子，该不会躲藏着许多灵媒吧。

林场路上，树木映在雪地上的影子，像梳子般，又密又细。我能强烈感觉到，大兴安岭的原始森林几乎不太存在，大多数树的年龄，可能比我的还小。莫名的遗憾，在俯瞰龙江第一湾时，到达了顶点。原因不是对面有树高又壮，也不是荒无人烟空对月，而是难以抑制地想到了那些消失的版图。眼前的壮观景象，变成了一个巨大的黑色惊叹号。

好在去北红村住宿的路上，我们的话题从不小心越界的边民，聊到了普京放生的东北虎。老司机是辽宁人，但号称东北全通，他也兴奋地加入了聊天。

一夜火炕，烧得我热血奔涌。第二天，早早醒来了去看哨所。从中国边疆看俄罗斯，是清一色的《千里江山图》东北版景象，还有俄罗斯边防部队升起的炊烟。黑龙江北岸的石头峭壁，被积雪这位天然艺术家，做了上色处理。看得久了，又觉得自己是飞到了半空中，正在看卫星图。

错觉并不是第一次出现。我在林桥上，看到有人把河面的积雪踩出了弯弯的一道，那俨然就是我在飞机上俯瞰到的景象——森林中有一道飘带般的白色河流。河中有河，真是神奇。

我回到漠河县城已是下午两三点，回哈尔滨的火车是晚上出发。我们就自由活动，从北极星广场晃荡到了火灾纪念馆。找不到原始森林的困惑，在纪念馆里得到了详细的解答。从里头出来，眼前还都是一片红色火海。

我独爱纪念馆马路北边的松苑公园。不知何故，这片松树林，居然躲过了1987年的森林大火，如有神助。脱落的樟子松树皮上落满了雪，黑白相间，颜色分明。天色已晚，远远看去，公园好像还在下雪，但大片大片的雪花，悬停在了半空中，并不下落。它们是完全静止的。这一帧静态画面，俨然是爱沙尼亚电影《横风之中》的场景。只有不合时宜突然穿帮掉落的雪，或者是树林深处出现又消失的人影，才会打破那种虚拟的真实情境。我徘徊在松林间，就像穿行在一个真实的历史纪念馆。

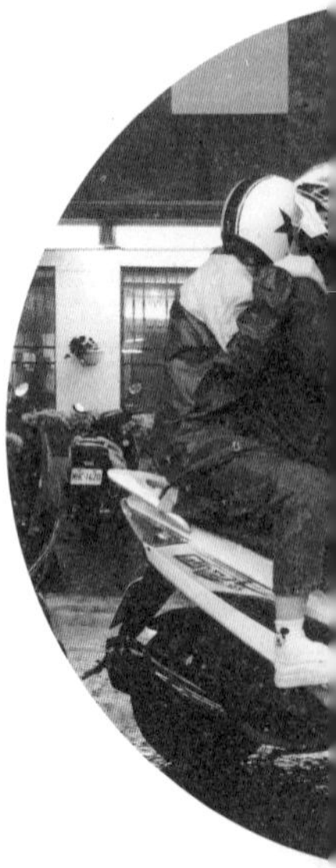

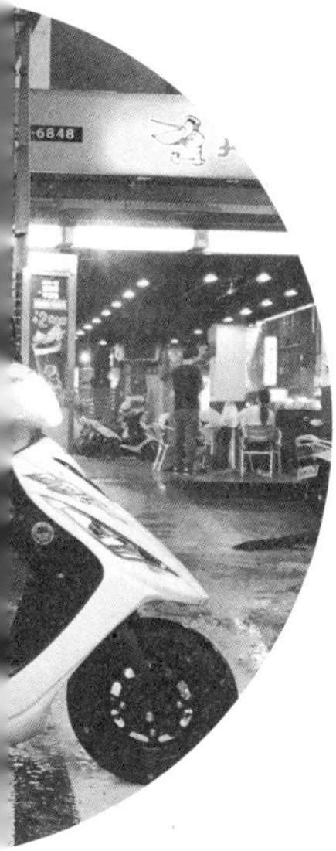
6848

湘西除了是本小说，还是一部电影

湘西的沈从文

若告诉你，我是被电影吸引来湘西的，这话，连我自己都不信。

我对湘西产生好奇，肯定早于开始看电影这回事。

从未到过湘西的人，多半会冲着沈从文的文字前来。他笔下的人物，以放逐自我的闲适自由、不羁、纵情并快乐地活着，穿行在山间的官道，漂泊于水路，生长在边城之中。

听闻我在湘西，社交网络上的朋友们，发来了相仿的调侃。

"是去赶尸吗？"

言语佐证了这片土地与生俱来的神秘气息，只是赶尸这档事，别说现实中没人见过，在如今的电影里，也早已绝了迹。

我印象更深的，是沈从文采用白描手法，写上世纪初的战祸兵灾。

湘西所处的苗疆之地，军阀士兵杀人如麻，随处可见被砍下的死人头。

"一大堆肮脏血污的人头。"

"装着四个或两个血淋淋的人头。"

有一回,他也上前踢了人头一脚,踢疼了脚尖。

令人惊讶的,不是恐怖,也不是几百上千面目全非的人头数量,而是沈从文不避讳书写死亡,不掩饰他重生乐死的人生态度。人头看起来,与白云、黄狗或背篓,都是一样的世间事物。只是它恰好承载了死亡。

沈从文的粉丝有很多,其中还有个大导演,他就是台湾的侯孝贤。

2007年,有个到湘西凤凰游玩的机会,不巧那一阵消极厌世,也没有名为"旅游"的一类心情,就此与之擦肩而过。

真说要以电影为名旅行,湘西有花垣县的《边城》,永顺县的《芙蓉镇》,但比对电影的场景与现实的取景地,实非我所愿。不出几分钟,你也总能在网上找到相关资讯。到电影拍摄地朝圣这件事,如果不是爱一部电影到痴狂(那电影还得是百看不厌那种),寻常人也干不出来。

轰轰烈烈的经济大发展,带起了动静不小的"古城运动",造就了众多文化地标、江南水乡、皖南古镇,莫不如是。古城前面,可以加上无数地名;古城背后,一定还得带出许多人名。只是一轮声势浩大的"运动"下来,看到更多的是大同小异的人造城楼,集体进驻的餐饮商铺。天翻地覆的规划整改,拼命瓦解着天南地北的差异,舍旧,求新,只为拿着可有可无的过去,赌一把人头攒动的明天。

乾州的日与夜

中国的古城,我去得少。

好朋友小柳树是湘西人,春节后因工作刚好返乡在家,我便改变行程,取道怀化,再上湘西,最终到了乾州。后来听朋友说,前往台北参加金马奖的湘西籍导演杨恒,不管从哪里取道,在何处起飞,都是一番舟车劳顿。

乾州,这座万溶江边的石头城池,几乎不见游客。但见那三月小雨,习惯了寂寞无声。你的肉眼察觉不到河水渐涨、新绿发生,却又清楚地知道,它们正在日积月累地起着变化。

古城也是如此,商业化尚未大势侵入,城中人家做着小本生意。

乾州 2017@湘西吉首

胡家塘一角，几位阿姨扯着家常，熟练地烧火热水，摘拣野菜，捣米揉团，蒸出油亮的蒿菜粑粑。

与手脚勤劳的阿姨们相比，河对岸的小吃摊老板，显然对手机更有兴趣。他把身子支在小方桌上，低着头，遁入另一个精彩的世界。

空无一人的小卖部，也不指望这个季节会有顾客光临。若是碰上顽劣小子，顺走风车、扑网和塑料剑，掌柜的恐怕也发现不了。

风雨桥上的苗巫，蒙着面具，与老人家念念有词。招牌上写着：唤醒久困君子，指引迷途行人。说的，不就是等着被点化的这个人吗？

差点忘了，江边的小径上，还有一条处于放空状态的土狗。若是与影评人朋友同行，他们不免要感慨地说：丧家犬也有乡愁。

春寒未去，湘西的人们在外面烧着火盆，在家中备上烘笼，或是把装好炭火的炉子，往桌底一放，照上面搁张毯子。围坐之际，炉子热气发散，人们通体回暖。

夜晚的乾州，灯光晦暗，闻得见拦河坝上的水流轰鸣。小柳树带我去当地热闹的烧烤摊，红色塑料棚下，坐满了出来吃夜宵的年轻人。昏暗之中，一大把牛油，吃得我双眼发亮。

万溶江往下，与峒河交汇。峒河边上，就是湘西土家族苗族自治州的首府吉首，吉首与乾州的城镇构造几乎一样，沿河而起的吊脚楼（如今已经改用水泥浇筑），灰墨一片，立于绿水上。黄永玉捐建的各式题字桥梁，方便了我这样的游客，也让那些正在看风景的人们，互为风景。

河边有洗衣的妇女、垂钓的大叔。人们在公园里练习擂鼓，在桥头搓麻将。有个疯子，靠着石桌跟自己玩牌。还有一个醉汉，居然在爱桥上昏睡了过去。

崎岖的地势，阻碍了人们的联系往来。河水哺育了依水而生的人们，人们与对岸，还是遥遥相望。这时候，桥出现了。与吉首的桥相比，乾州的桥，种类更全，两里多的脚程，汇集了跳岩、吊桥、风雨桥、人行桥（景观桥）和公路桥。我就这样，在湘西走了许许多多、一座又一座的桥。

小柳树讲起乾州的往事。少年们成日在风雨桥上碰头，夏季时分，胆子大、水性野的，从桥上一跃而下，以不同的姿势，扎入青绿之中，激荡起大片大片的白色水花。少年里面，就有她哥哥，而她，是紧张围观的一员。

不知为何，在我听来，这应该就是一个未完成的电影片段。

从高处跳下、潜入水中的少年，在水底憋了长长的一口气，浮出水面，正欲朝四周大肆扑水欢呼之际，发现周围一片平静，伙伴已经消失不见。镜头一反打，原来他已经长大成人。

这一切，可能更像一个我做过却不记得的梦。

近的远的房子

入夜之时，小柳树想起来，城里有个特别的老房子，要带我去一看。

我心想，大概又是哪个名人的故居，文物局保护的古宅。

老房子大门紧锁。照着墙上的牌匾、介绍，我读了出来。

"这是我外太公（太爷爷）的房子。"小柳树说道。

我一时诧异的，倒不是眼前的大院宅子为何已经充了公，而是眼前闪过的、游走于古城的历史幽灵。房子原本用来遮风挡雨，在20世纪却难说不会招来横祸。

想要了解当地人的生活，跟以什么样的方式进入大有关

醉了 2017@湖南湘西

系。飞机接送、包车游玩、跟着旅行团小红旗、留下一些剪刀手照片并不是有效的方式。

在怀化,你可以登上一辆连接新老火车站的12路公交。出了吉首火车站,你会看到1路公交车,它经过吉首大学,到达乾州古城。

我注意到,一位大妈正在和一位大叔交谈。他们上车才开始了对话,很快讲到子女,还有他们所从事的网络和房地产工作。

"过几年就不行了吧。"

"是啊,谁知道呢……"

"下一代的事情,他们自己去张罗。"

"我儿子在番禺买了房。"

旁若无人的对话,总会提醒我,从大城市到中小城市,我又回到了一个慢节奏、家长里短的熟人社会。他们的热情,就像他们嗓门的音量一样高。接到远方来的电话,与其说是打电话的人太大声,不如说是打电话的人害怕对方听不见,尤其对方是永远离开老家的子女们。

穷山恶水出电影

21世纪前后,老影迷喜欢调侃中国独立电影说:"妓女小偷黑社会,穷山恶水长镜头。"湘西也有导演,我在2017年的柏林国际电影节,看了杨恒的《空山异客》。

光看电影原名《山鬼》,你很容易以为,它是取自沈从文小说的篇名。实际上,片名的源头是屈原的《九歌》,其中第九首《山鬼》——讲一个因爱生忧、坠入奇想异象的女子。

杨恒电影镜头下的湘西风貌,没有了凌乱杂芜,更像图片摄影里的风光。从《槟榔》的小镇,到《空山异客》的山野,他的电影,总是在挑战观众,不会让你以舒服的姿势,坐着看完。正如连导演自己都无法解释的抽烟、喝酒、骑摩托的镜头,为什么需要一而再再而三地拉长时间,死气沉沉,无力感爆棚。

如此慢的节奏,让人觉得偌大的湘西已经没有了电影主人公的位置。《空山异客》的比较对象,我会选择没有诗歌和配乐的《路边野餐》和《长江图》。它们拥抱山峦、森林和湖泊,观众期待有戏,但导演属意空、落、无。

萧瑟的南方影像，禁闭的人物情绪，归来的六哥，嫁作商人妇的旧爱，不知道怎么打发时间的少年。他们活着，他们也死了。

从头到尾，游魂野鬼们，始终没有真正走出过那片与世隔绝的群山。

那片在景深中失焦虚化的山体，包裹着一个更大的湘西。我总以为，湖南过了益阳、常德，就已经快到邻省边界，不想，我所置身的湘西是如此之大。

我注视车窗外的丘陵、山田、竹林和路桥，它们是模糊的背景，也是南方的底色。火车慢，人生缓，不愿跟人掏心肺的，他们总爱说起故乡。

你从哪里来，你要去哪儿？

我见过原本的凯里，没见过最美的镇远

四十二架风车

"他一生只有两样挚爱，火车和照片上的女人。"

巴斯特·基顿在《将军号》开头如是说。

电影讲述一趟火车停不下来。它可回溯至卢米埃尔兄弟《火车进站》的冒险开端，又延续到《卡桑德拉大桥》和《欧洲特快车》的夜长梦多。

火车，即是时间。2017年诺贝尔文学奖得主石黑一雄，曾在他的演讲里提到一部名为《二十世纪》的电影（由霍华德·霍克斯1934年执导）。片名指的并非人类刚刚告别的那个世纪，而是那个年代，一列连接纽约与芝加哥的豪华列车。

作为轨道交通大国，日本人也产出火车故事，他们注重速度与人性的并进，让铁路承载起温润绵密的人物情感，如降旗康男的《铁道员》，是枝裕和的《奇迹》。

电影从火车开始，我搭上火车回到电影，去取回一件属于我的信物。

名为往事的火车上

离开凯里,我订的是一张过夜的卧铺车票。

我喜欢夜行列车,不仅是为了满足闲情雅致。轰隆哐当声下,它把我带回了过去,悄无声息地。

困了,累了,就在吱咯吱咯的晃摇中,无所顾忌地睡上一觉。不论睡眠深浅,第二天到终点站,总能准时被叫醒。

事实上,我坐夜车卧铺的体验不算多。读书时春运往返,卧铺上、中、下,均是一票难求,我一次都没有买到过。

反正近二十小时的硬座,随便一靠,也就过来了。大家都这样。

毕业后,我却惊喜地发现,原来只要愿意加价,黄牛总能一脸堆笑,戏法般掏出好票,应有尽有。社会啊,就这么教会了我道理。

十八岁上大学,在父母陪伴下,我第一次搭乘火车,从简陋的三明站到破烂的杭州东。今天的杭州东站已焕然一新,通了地铁,是大杭州的枢纽站。

东南的山川，少有天险，不见大江，但连绵不绝，足以困住大多数人。我对外面世界广阔天地的期待，始于文字和地图带给我的想象。顺着黑白相间的铁路标记，冲出山多林密的福建，一边任凭心情激动澎湃，一边又对火车闯入的陌生领地，隐隐不知所措。

直到21世纪初，泉州还是没有客运列车的，这听起来真是不可思议。更不可思议的是，无论是从福州还是厦门出发，火车跑到紧挨的浙江省都要一整个夜晚。这福建不仅是缺少铁路，现有的铁路运输还超级慢。

那是一个移动运营商还要双向收费的年代。

我每年都要经过江西，往返于闽浙。火车上能做的事情不多，最常见的就是以仰、卧、趴、叉等姿势，轻轻或沉沉睡去，醒来时上下某个部位，总要出奇地僵硬、发麻，血液不畅。

夜晚被火车拉长，你有许多话想说，多到随随便便、连个问候都会超过七十个字。你看着信号时有时无，期盼遥远地方的那个人的新的短消息，从山外山、天外天飞来。片刻的愉悦之后，是更长时间等待的折磨。穿行于山洞的火车，游走在名为遥远的时空中。

火车上 2017@ 贵州凯里

如今，借助敏锐发达的网络触角，你很容易认识一个人，视频、语音、对话，无时差。同时，你也更容易跟一个人分开、失联、拉黑、离开，不犹豫。

等待，已经不需要那么长。就连思念，也跟着变得廉价，如支离破碎的二维码。

不单绿皮车快被淘汰，就连K字头，也意味着更慢、更落后、更老人家的速度。

或许，我们身体的一部分，名为孤独存在的东西，留在了停不下来的火车上。路程之漫长，足以让它在这趟火车上过一辈子。

卧铺火车的梦里，过了许多事，也过了许多电影。

贾木许《神秘列车》的主人公说，她最爱睡觉这件事，人生一半时间可以在梦中度过。她害怕死亡，因为死了就没法再入睡，也意味着，不再有梦。

2002年，我第一次坐火车，跟父亲一起，也是唯一一次。他给我剥了几个芦柑，我却无心下咽，那是就此离家的我，兀自难过，却不知如何开口。而今回想，更是难过。

我很想追上那趟列车。

凯里只是凯里

你问我,刚刚离开的凯里,跟中国的四五线城市,到底有什么不一样?

是这样啦……如果前缀不带上黔东南苗族侗族自治州,它跟其他小城市,真没有什么两样。

这里气候更为潮湿,这里天无几日晴。市区地势崎岖,老街更昏暗,路人更懒散,就连喜好拉客的摩的司机,也没有别的小城市的热情——小黄车都还没来,都快打起精神啊。

从大阁山隧道出来,是处于城中心的大十字路口。这个路口几经改造,看起来依然拥堵。

隧道出口有一条大阁巷,通往大阁山上。不大的空地上,聚集了正在吹拉弹唱的众多市民。我在那里四处张望,往南看到大同小异、一时兴起而做的凌乱积木楼房。

大阁巷上坡处有一座万寿宫,大门紧锁,外墙刷得灰白,显得过于明净。透过花窗望去,里面空无一人。宫殿整体经过翻修,后面建筑依然摇摇欲坠,还有大堆裸露的土方,与居民私宅连成一体。

万寿宫再往上,是凯里市第一小学。校门居高临下,有着长长的台阶。时候还早,没见着接送孩子的家长。我就在台阶上坐了下来,引得一个看起来同样无所事事的小学生,对我这个背包客的出现,产生了腼腆又保持着距离的好奇。

我从大阁巷往东,沿着东门街,往老城区的深处走。东门街路面坑洼泥泞,行人小心翼翼。这个旅客,似乎比当地人,更习惯了不断翻新,且永远处于翻新状态的街道。

一路上有数量甚多的牙医诊所,挂着白晃晃又吓人的咧嘴招贴。批发市场人流如织,人们趁着天光隐去之前的时间,办理这一天最后的交易。

春天也在凯里发生着。女人们上面还裹着羽绒服,底下却露出亮堂堂的丝袜和结实的大腿,高踩一双黑亮的过膝长靴,走得自在。

东门街到洗马河这一片其貌不扬的老城,就是《路边野餐》的拍摄取景地。火车站出来不远,你走过一座桥,下面就是陈升家的浪漫瀑布。你多半很难联想到电影,只会当它是一道臭河沟。

我知道,你更惦记长镜头里的荡麦。虽然你也知道,取景于凯里大风洞乡平良村的荡麦并不存在,更不会有命运支

床垫 2017© 贵州凯里

起的四十二架风车。

错落有致的乡野风光，看得见海豚的理发店，下渡船上吊桥，香蕉林大蓝湖……这些影像景观属于凯里，属于贵州，还属于更大的南方。

多长的长镜头才叫长？

我在《路边野餐》里看到了许多东西。

对许多人而言，《路边野餐》是一蹴而就的。我却清楚地知道，这是一部反复打磨的电影，从《老虎》到《金刚经》，足有五六年之久。

《老虎》里的陈升叔叔已经开始在业余时间写诗。凯里老城在低保真的画面下，更显凌乱杂芜。破败景象之外，却有股颓丧靡靡的夏日气息。到了《路边野餐》，凯里变成了一座潮湿的城市，像刚从水底打捞出来，没完没了地滴水。

生的人，祭拜过死者，带上信物，搭车出发。

有人在电影里看到风景，我在电影里看到电影。正如你可以在《路边野餐》里招招手，搭上《南国再见，南国》的摩托车；你也可以跳上《潜行者》的轨道车，进入到实现愿望的特异区。我还要发誓,我所看到的荡麦远景,居然是侯孝贤的九份——那轮廓,根本就是树木葱茏的基隆山。

电影里的长镜头,一般往往被认为是写实的,因为它封存了时间。荡麦的长镜头,由真实的时间流逝和平常的凯里风景组成,毕赣却用它来封装了好几个时空。绕口令般的"真实的不真实,不真实的真实",正是《路边野餐》的核心本质。如同在荡麦游走的陈升,扮演着自己,也扮演了老医生的林爱人。

四十几分钟的长镜头,一发动起来,就闯入未知世界。它就是一列喷着蒸汽的火车。

毕赣电影所制造的影像经验,是让观众在看完电影以后,仍然走不出发潮、荡漾、迷幻且恒久的黔东南世界,那里有山林植物的芳香,吸饱水的泥土气息,河流水泽的湿气,人与事,如烟,似雾。

说到底,荡麦是陈升叔叔在开往镇远火车上的一个梦,放弃不了,割舍不下。逝者被拉回到生者中间来,制造一次等于没有的迎面相遇。

神奇的是,这个梦饱含真挚的情感,不灰色,不自溺,也没有让浪子回头的道德教化。

这是一部宁愿被囚禁在往事中、心怀不舍、无法醒来的电影。

想起离开镇远的那个下午,看到路边一幅广告:

天天安防盗门

让你告别囚笼感

美到酸

离开镇远前夜,我一个人,径直走进了当地较受欢迎的一家酸汤鱼店。

来贵州不吃酸汤鱼,就等于没有来过贵州。

话搁二十年前,可能还有点儿道理。如今,你在北上广大城市,总是可以找到相对地道的贵州菜。

不过,我还是决定尝一下酸汤鱼。

"……就称一条最小的江团吧。"

大红色的汉字招牌,与黑暗中的其他店家招牌并没有两样,袒露着永不熄灭的食欲。你在镇远、凤凰或丽江,到处可见这种洋溢着喜庆、大写的中国元素的红。

对主打酸辣口味的贵州菜,一直有着留驻在味觉上的神奇念想。有那么一段时间没吃上,说馋得想流口水,也不过分。

我在杭州求学时,追随一家叫"辣之源"的贵州餐厅,从万塘路口,到古荡新村,又搬至益乐路。前前后后,一座城市一家店,一不留神都上了十年。

来自大连的室友,酷爱他家的折耳根。我喜欢他家的风味,却自认不是重口味食客。

我习惯避开繁忙时段就餐。记忆最深的场景,并不是如何大快朵颐,而是享受午餐或晚餐的最后美味时,只摆得下五六张桌子的餐厅里头,已经没有其他顾客了。老板、老板娘,还有年纪不大的服务员,会抬出来几大袋子辣椒,几个人,就围坐在最大的那张圆桌边上,有说有笑,掰着从贵州运来的干辣椒。红火火的辣椒,让他们看起来更像一家人。沾了几分油光的我们,间或跟他们搭上一句半句的,也是乐在其中。

从那个时候起,我就想着,贵州应该是个很棒的地方吧。

江边 2017© 贵州镇远

存在感这件事

我快要走遍中国的所有省份,唯独还落下了贵州。在网络上,连贵州人都习惯了自嘲,家乡称得上是"最没有存在感的省份之一"。近千年来,中国的历史地缘,习惯了分南北而不问东西。交通干线也倚重南北,从湖南往西,不说到贵州,便是湖南本省的湘西土家族苗族自治州,已经有交通条件跟不上的情况。

镇远地处中原通往云贵高原的咽喉要道上,坐上任何一趟湘黔线的火车,你都会先经过镇远,然后再到凯里。即便是没有空调的绿皮车,从凯里往返镇远,也不过是一个多小时的车程。这样慢的节奏,倒不因为隧道多,毕竟在西南地区坐火车,你可能一天一夜都会陷于这样的情境。

通过吴娜导演的作品,我知道了黔东南州的镇远。平静的古城边上,有绿得发蓝的潕阳河水,青龙洞下的祝圣桥,还有如黛的老建筑,以及通往外面世界的铁路。

酸汤鱼店开在街巷最深处,它独占了沿街一边两个商铺的门面,一个大堂用来招待客人,旁边紧挨着的小间里,摆满了可供挑选的新鲜蔬菜。装满活鱼的水柜和加工食材的厨房,则在街对面。

如此三角布局,大可以说店家生意好。不过原因恐怕是镇远这地,四周皆山,实为地少人多。潕阳河从石头山中蜿蜒穿过,冲积出可供人类繁衍生息的土地。修建起的房子,只能接连排列,密密麻麻挤在一起,不可轻易浪费本就不多的平地。

火车从电影来

《路边野餐》里,陈升搭乘无人的绿皮火车,前往镇远寻找卫卫。我站在镇远的石屏山上,意识到电影果然是结束在生活的某个瞬间。

梦境的山谷里,传来了火车鸣笛的回音。洋洋背着她的导游词,大卫卫跟在后面。对我来说,这个段落有许多不真实的信息,像技术不达标的镜头抖动,有如梦境即将坍塌的征兆。画面背景的火车呜呜和野人传说的雷声,也是电影泄露的信号。它试图把陈升从火车上的梦境中唤醒,也把观众从黑暗的电影世界里唤醒。

如今,高铁可以从湖南长沙,经过贵州,直达云南昆明,但20世纪建成的湘黔线依然在通车,我也专门选了这条乘客稀少的路线。

经过镇远的火车轨道,分为平行的双线,自山洞出又从山洞入,横跨在镇远的房屋之上。刚出镇远站从西往东的火车,或者是马上要抵达镇远站的火车,它们都会以机器大工业产物的架势,发出穿山越岭的信号。鸣笛声在山谷里回荡,制造了久远的、来自其他时空的复合多重感知。

侯孝贤《南国再见,南国》里出现的平溪线,火车在房子上跑,如今成为游客追访的一景。从镇远古城的任一个角度看到相似场景,并不用感到太惊讶。一旦觉得神清气爽,只想冲着不知开往何方的火车呼喊,那就放松自己,大声叫唤出来。

一座立体的古城

从远到近,从上到下,镇远有许多条貌似曲折参差但实则平行的线条。最奇妙的是,它们虽然在一个世界,却不像存在于同一时空。

火车搭载着旅人的酣梦每天从天上经过,我在古城墙上观赏着正欲新绿的城中季节。

从我所在的石屏山巅,最先看到的是天际线。贵州的山峦,永远喜欢躲在喜雨的云雾当中,故意制造出神秘不可追的面目。

天空与山脉的交汇处往下,一道灰白的长线,居然是曲折的省道。公路往下,是复线的湘黔线铁路。铁路下方,镇远的卫城连成了乌压压一大片。房屋之间,隐藏着我前几天刚溜达完的明代卫城墙。

一道盘旋的㵲阳河,分开了卫城与府城。河畔两岸的房子,有低矮老旧的,也有新修的、被限了高的仿古建筑。到了夜晚,它们会发出炫目的、五颜六色的灯光。若是夏日时节,灯光倒影在河水之上,搭上游船游览,就是一道别致的景观。往西出了老城,虽然还是有㵲阳河水贯穿而过,但镇远的新城跟中国其他县城没有太大差别。

河这边的府城,地势被石屏山压迫得更加崎岖。古时山体堪称天险,易守难攻,有林则徐诗词为证:不敢俯睨千丈渊,昂头但见山插天。

对岸的卫城墙,朴实、低调,如剑鞘。在我身后的府城墙,似弓弦,它跟野长城一样,爬行在山脊之上,阻挡着敌军进犯。远处那头，已被云雾裹住。府城这边，还有相互连接、沿山而上的几条步道。穿行于古宅院落，往里头走上几百米，绕过几道转角，你会发现，一下子进入到了逐层递升、迷梦般的立体空间。被保护的古巷民宅，雨水冲刷过的巷道，敞开着大门的人家，散发着霉味的废墟，组成了以世纪为计算单位的时间风景。

不远处传来孩子的喊叫，难以辨听的大人的交谈声，还有闻见了动静而发出的犬吠。但我眼前所见，只有不见人影的石板步道，汨汨流淌的山泉井水，载满春意的一株桃花。

最美丽的镇远我还没见过

我每天从新大桥或祝圣桥经过，会看到手持乒乓球拍、快要把书包拖在地上的小学生，以及手捧酸辣粉餐盒、一副吃出人间美味表情的中学生。河边有每天垂钓的大叔，有迎面走来、胸口挂着红色迷你收录机、放着《敢问路在何方》之类金曲的老头。与自拍杆相伴的独行女游客，不断变换恩爱亲昵姿势的情侣，他们忙着与崇峻的石屏山、整齐的老建筑和高耸的封火墙合影。

傍晚的码头边上，还有衣着统一、颜色鲜艳、其他旅游景点也可见的跟团游客，紧跟在导游后面。我盯上了一个有趣的路人，抓拍完几张照片，发现原先还在大声嚷嚷的跟团游客，像一阵晚风，眨眼工夫就集体消失不见了。

这时候的镇远，陷入了它古老安宁的夜晚。

没有等到镇远的灯光亮起，我就下山了，因为风实在太大。

在城门洞下，我偶遇了一位找不到下榻旅馆的背包游客。她看上去年逾五十，举远手机，自称眼神不好，脸上却没有疲惫，露出在这个年纪少见的轻松从容。午夜时分，街灯昏黄，她问我从哪儿来，我带她找到了大门紧闭的旅馆。

这是镇远的旅游淡季。我回到客栈，空无一人，推窗就可以听到河水的声响，在黑暗中，施工翻修队伍正在赶工，时歇时起的机器噪声衬得夜晚更静。

掀开被子，潮湿的寒气冷得我一声大叫。这声音也提醒了自己，这是打小就熟悉不过、如今已觉陌生的南方春寒。

我在一个并不是最美的时候到了镇远，没有去西江看千户苗寨，不曾欣赏苗家蜡染和华丽银饰，但这座有着两道城墙一条河的镇远古城，辨识度太高，最好安静小住，不宜打卡就走。

下山 2017© 贵州镇远

查看计步器,我自己都吃惊,原来在镇远走了那么多路,绕着古城,可以兜上好几个圈。我自然也不相信,自己一个人居然吃掉了一条三斤四两的江团。

看见台湾

我和我的朋友们,总会把台湾电影等同于台湾新电影,即杨德昌和侯孝贤领衔的那一批人拍摄的,往后呢,有半个李安和蔡明亮。对于更年轻的影迷来说,台湾电影所指的更接近于从《海角七号》到《那些年,我们一起追的女孩》之类,也就是新世纪以后的台湾电影。

台北·无与伦比的美丽

台湾电影有无数条轨迹,而旅程的出发点,必然是台北。历经各个历史时期,观光客对于今天台北的第一眼印象,多半会是楼怎么会那么矮?城市怎么旧旧的?我感到一阵庆幸,它依然是杨德昌电影里的台北都会。

靠近光点台北,南京西路路口的邱永汉公司大楼还在,这里是《青梅竹马》的窗口。霓虹灯点亮,却不见当年的富士相纸广告牌。《一一》里的罗曼·罗兰艺术广场大厦,依旧俯瞰着高架道路的车水马龙。当年的婷婷,在阳台上张望着另一对年轻人的情事。

对很多人而言，台北大致等于昨天的西门町、今天的101——西边是旧，东边是新；南边有大山，北边有淡水。台北是个盆地，没什么高楼，以至于101大楼的存在，显得异常孤高、另类。台北也有高架桥，只是没有上海或香港的那么大。台北城市建筑有些陈旧，又不会老迈得像香港的深水埗（艋舺周边除外）。台北很干净，你基本上找不到垃圾桶。台北冬天有阴冷的、浸泡感十足的雨，就像20世纪金曲里唱的一样。

我初到台北，却是夏天，看过淡水河边的夕阳，感受了西门町的年轻气息。雨后的夜晚，我从中山堂附近的武昌街出发，取道重庆南路，重访牯岭街。

"重访"这个词，完全是想当然的误用。实际上，我只在电影里见过它的灯下残影。可我总觉得，对它好像已经很熟悉了，以前已经到过。

几十年过去，这条街道，看上去已经没什么特别的了。没有了夜市，没有了书店，只有不算多的行人，还有红色的街灯。当年那部赫赫有名的刀子电影《牯岭街少年杀人事件》，经过标准公司和中影公司的努力，终于以清清楚楚的面目,重见天日。

我在香港看过修复版的《牯岭街少年杀人事件》,开场起了一阵鸡皮疙瘩。林荫道上,两辆自行车往银幕深处徐徐骑去。画面明亮、通透,如果不带入时代背景来看,它和《一一》开头东海大学的绿地,似乎也没有多少区别。当初的《牯岭街少年杀人事件》,画质确实是录像带水平,已经不能再差。观看一部变得清晰的电影,也让历史过去扑面而来。

"建国中学"就在南海路上,离牯岭街很近,街市气息浓。过来牯岭街的路上,先经过"总统府",然后也会经过有名的"北一女"——台北市立第一女子高级中学。与建中相比,"北一女"周围就显得有些肃穆。从《海滩的一天》里的林佳莉到《一一》里的简婷婷,她们都是身着绿衣黑裙的校服。提这几所中学,也是因为台湾电影盛产青春片,并以该类型见长。围绕校园青春,比较著名的中学取景地还包括《蓝色大门》的师大附中、《不能说的秘密》的淡江中学、《九降风》的竹东高中等等。

我越走越远,在中正纪念堂,借着《女朋友·男朋友》的青春躁动,还能窥见大学校园跟外面社会的一点儿罅隙。在林森北路,你可以感受台北的夜生活,几乎不重样的日式

旧书店 2017@台北牯岭街

居酒屋，还有神秘的夜场会所。

华西街夜市，闻得到与庙街相似的烟火气，花花绿绿。寻找北港甜汤时，我还经过一家名为"亚洲毒蛇研究所"的怪店。一街之隔的龙山寺地下街的昏暗角落里，随处可见老人和流浪汉，加上一些卖金银纸的摊贩，总令我心生诡异。我还住进一家名为"古山园"的旅社，古朴、老旧，颇有《艋舺》时代的意境。打开电视机一看，里头是正在运动的苍井空，当真是不避讳的声色之地。后来看黄真真的《闺蜜》，三个女人的狗血故事，她们居然也是在这家旅社达成和解、得以收场的。

有一次，在忠孝东路闲晃，划掉几家游客店后，走进一家卖凉面的小店，没想到架子上，居然摆放着老板收藏的众多CD，一边听着 *Quizas Quizas Quizas*（《也许 也许 也许》），一边品尝焿汤小吃，心满意足。至于文艺青年流连的诚品书店，观光客必去的几大夜市，阳明山看夜景，北投泡温泉，那就更不用多说了。

台北有太多回忆，属于电影的，属于我的。电影招引我，我吸纳电影。这是一座浪漫的城市，这是一座无与伦比的城市。

九份·侯孝贤的电影圣地

台北往基隆方向,火车车程一小时不到,你就会进入侯孝贤和吴念真的乡土世界。乘坐瑞芳、九份、平溪线的小火车,对不少人来说,它更像离开都会的郊游。平溪线不过是那些年放的天灯,九份也只是宫崎骏作品里传说的附会。对于我,这地方就是台湾电影的原乡,无可取代,无从比拟。它催生了《恋恋风尘》《悲情城市》《无言的山丘》《南国再见,南国》等电影,也令这方孤寂的山水,再度拥有人气与活力,得以在现实中重生。

坐上平溪线的区间火车,它就像一台不曾停摆的时空机器,令人回忆起《恋恋风尘》的开头。光线的明明暗暗,年轻恋人的你等我、我等我。十分车站,阿远肩扛一袋米,阿云背着两个人的书包。他们走过一段轨道,上了静安吊桥。那个很远的长镜头,每次重看,都是来自另一时空的凝眸回望。

十分是个小站,也是个局促得有些离谱的村落。除了那道铁轨,再无别的路可走。平溪车站好一些,《南国再见,南国》里,扁头和小麻花牵着手,走上铁轨桥,火车从屋子顶上跑过。

我喜欢平溪,从桥上看着溪谷,有红色的砖房,灰白色的铁皮屋,桥头还有怒放的三角梅簇成的花丛,俨然就是翻版的、美化后的故乡小镇。

骤雨后的山林,青翠欲滴,间或有鸟叫虫鸣。雨雾漫漫,来时的那几个人,回头已经看不见。人们都躲了起来,生怕会被下一场大雨给冲走。

至于九份,它的人气和魅力,显然比平溪线来得更大。沿着竖崎路,从山脚拾阶而上,经过三条商铺林立的街道,其中有挂着《恋恋风尘》海报的升平戏院,就能到达最高处的九份小学。在学校的操场上,面向大海,远远地可以看见基隆港。左边是延绵的山体,积雨的云雾经常从山后面翻越过来,吞没九份。右边是高耸的基隆山,一座很有型的死火山,愈到山顶,树木愈稀少,芒草愈茂盛。

熟悉台湾电影的人自然知道,眼前一幕幕的景象,便是侯孝贤电影里空镜头的景象。耳边响起宽美在《悲情城市》里的闽南语旁白:"山上已经有秋天的凉意,沿路风景真好,想到日后能每天看到这么美的景色,心里有一种幸福的感觉。"

如果只是跟随人流,不幸还赶上周末节假日,就着基山街,来回走那么一遭,其实与鼓浪屿的龙头路无差,你能感受到的更多是烦躁。白天的九份虽然热闹,但只有等人群散去,它恢复了安静,才能体现出电影的魅力。你可以在不多的茶馆或咖啡馆小坐,也可以在民宿泡个茶发呆。夜半时分,远处依然有港都的灯火,还有不知从哪儿传来的人声,令这座山城变得更加寂静。灯红酒绿,喧嚣浮华,好像只是过往的记忆。破晓前,赶着太阳还没出来,可以沿着山道,爬到基隆山顶,看个海上日出。

关于九份的夜与日、生与死,还有一个更加形象的段子:白天的九份属于生者,而到了夜晚,它属于那些密密麻麻坟冢里的死者。无论是朝北的九份这一面,还是山后头的金瓜石。这些成片的坟冢,形似红白色小房屋,完全跟民居住宅混在一处,数以千计,很容易让人忘记,它们本是阴阳两隔的栖身之所。

翻过九份,就是金瓜石。到了金瓜石,好像就没地方可走了,人们只能走回头路。金矿已经开采完毕,这里变成了黄金博物馆。跟山那边的九份那样,它们历经繁华又遭遇冷落,又因为电影拍摄的缘故,再度热闹起来,变成了旅游景点。无论挖煤还是淘金,矿工们来到这里,一纸生死契,基本上也算把自己埋进了土里。

在金瓜石,能看见一片阴阳海,太平洋海水和内湾海水呈现出不一样的颜色,本是美丽景色,因为这生生死死的故事,隐隐地,也令人低落。我会生出这样的情绪,并非多愁善感。《恋恋风尘》结尾的山峦大远景,极远处正是这片阴阳海,上面横亘着厚重的云层。生生世世,有生有死,几千年来,一直如是。

花东·最美的海在太平洋

沿着从台北出来的铁路,继续往东,很快,就会遇见太平洋了。台铁的速度不快不慢,这是看海的好时机。

行走台湾,人们一般把旅游线路分成东西二线,东边以花东线的自然风光见长,斧劈刀削,山形壮美,映衬着无边的大洋波涛。西边以人文习俗为重,人口稠密,生活气息浓厚,情调悠长。如果再进一步划分,还可以析出山线和离岛线,走完这么几条路线,你大可以自豪地跟人说,你不仅看见了台湾,而且还都看完了。

从宜兰、花莲到台东,它们都有一个共同的关键字,那就是海。如果给中国的海岸线风光排上个座次，那么，台湾的东线必然会拔得头筹。众所周知，大陆海岸线的污染比较严重，北戴河的泡沫塑料、青岛的浒苔赤潮、厦门的浑浊黑黄……台湾得益于大洋宽广，单凭眼见的蓝色，就可知道风景这边独好。

宜兰多雨，阴冷潮湿的氛围，催生出了张作骥的《蝴蝶》。它跟不少台湾电影一样，反思着自我认同与身份问题。无论能否斩掉与祖父辈的联系，年轻的一哲，终归找不到可以埋葬自己的那一方土。除了沉重，也有微小，《渺渺》似乎反其道而行，微乎其微的青春情愫，非要拿来强说愁。

花莲多山，无论是旧台湾八景之一的清水断崖，还是新台湾八景之一的太鲁阁峡谷，它们都位列台湾自由行"不可不去的地方"。魏德圣的《赛德克·巴莱》的重头戏就发生在太鲁阁，高山落石中的伏击战，在现实中变成了游客一人一顶安全帽的小心通行。当然，花莲不只有大气磅礴，新千年同志小清新代表作《盛夏光年》，也是以花莲为背景，冷调的蓝，就像日暮时分七星潭海水的颜色。

刚到花莲，西边云层积聚，掩盖住藏青色的高大山脉，东边的天空，却一度下起了太阳雨。赶到七星潭，天色已晚，

台铁 2014@台湾花莲

游客稀少，视线可及的远方，只有支起的鱼竿，本该形影孤单的垂钓者，也不知躲到哪里去了。

别人照片里的七星潭阳光充沛，海水碧蓝，我眼前的大海，异常不安，满是噪点，恨不得把整个世界一口吞噬了。声势惊人的浪潮，拍出了不可测的危险。海浪翻卷着白色的水沫，一次次冲刷着黑色的砾石海滩。

黑色的大海，让我想起了杨德昌。到了垦丁的白沙湾，晚风夕阳、南海姑娘，大海完全是另外一番景象。白沙湾位于恒春半岛西部，有两部大名鼎鼎的片子在这里取景。一部是台湾电影的复兴标志《海角七号》，阿嘉和友子在这里相拥，"留下来，或者我跟你走"。一部是李安拿下奥斯卡最佳导演的《少年派的奇幻漂流》，老虎上岸，登陆的不是什么墨西哥海滩，而是这片白沙湾。至于《那些年，我们一起追的女孩》里那段海滩嬉闹戏，也是取景于白沙湾，但那个白沙湾在台北的淡水河口，并不是垦丁的白沙湾。

第二天，雨下个不停。我们仍然按照计划，加入临时组建的小队，沿花东海岸线公路南下。与大陆的海岸线相比，这段几百公里的海岸非常险峻，风大浪高，浑然天成。如果说石梯坪的疯狗浪还可以忍受，那么三仙台的狂风差不多要把我刮跑了。我完全不知道，打在脸上的是雨，还是浪尖上被扯碎的海水。天落水，无止境。打花了眼镜，打湿了单反，也浇灭了游客的热情兴致。

台东，是与台北相去最远的地方之一（另一处是屏东）。台东是电影人物的避世之所，远离都会，亲近自然。像《最遥远的距离》里的录音师，《不能说的夏天》里的大学教授，他们都选择在台东放逐自己，但又忘不了消逝在台北的爱人与梦想。

屏东·枋寮坐车到枫港

黄信尧的《大佛普拉斯》是2017年现象级台湾电影。黑白的底层，彩色的富人，就连调侃，也是一抹暧昧的粉红。林生祥给电影打造的原声带，如朗月寒潭，不动声色。我又独爱里面的插曲《台东人》，温泉泡汤、酒池肉林之际，有人放浪高唱，台味升腾，气氛一下子嗨了起来。

    枋寮坐车到枫港（从枋寮搭车可达枫港）
    搬山过岭到台东（翻山越岭到了台东）

有情阿娘仔来相送（有情的姑娘来送行）

阮的故乡惦台东（我的故乡在台东）

歌手巴奈、陈雷、伍佰等人都唱过这首《台东人》。整首歌以讲故事口吻，歌词生动，曲调优美，似信手拈来，包世间百态，从头到尾不提一个爱字，从头到尾又是思慕苦恋之情，讲了半天别人的故事，最后才点破，这是我的故事——恰好与《大佛普拉斯》的间离手法不谋而合。相比之下，林生祥的片尾曲《有无》，更像看完整部电影之后的抒情喟叹。

《台东人》有小清新和重口味等多种解读。小清新版本里，老实巴交的台东人，喜欢上了一个姑娘，苦于追求无门。他约了姑娘去澎湖玩耍，有点儿尽兴，又有些狼狈。终于，他要回台东老家了，眼巴巴地期待那姑娘来相送。开放的结局，留下了一个未知的悬念，答案实是一望而知的怅然。

屏东到台东，听起来像要翻山越岭，但车程不过百来公里。我的台湾之旅，当真有过一趟枋寮坐车到枫港的经历。

我们一行人在东港游玩，然后从枋寮一路南下。有人提议，要不要在茉莉湾的海边，喝个"行动咖啡"。所谓"行动咖啡"，就是一个中年男子，开一辆不起眼的房车，在海边的几棵树旁,拉个遮阳的篷布,就那么卖起了咖啡小食。对着层次分明的大海,大家各自陷入沉思,直到南回线的火车从身后的山腰上出现,轰隆隆,发出响动,又钻到另一个山洞里面。

喝完咖啡,几个人都彻底苏醒。我们就从枫港往东,翻越中央山脉,一路开往台东。车上的人,说起了枫港是那谁谁谁的老家。我醉心于窗外的满目绿意,樟树榉树相思木,心情豁然开朗。

来到牡丹乡,野姜花绽放的季节已经过了,但还有一些迟开的花,大概是忘记了自己盛开的季节。直到自丽姐递来一片花瓣,我才知道,从小熟悉的野姜花,原来是可以吃的。入口一嚼,甜的香味,变成了淡的姜味。这一体验,让我对现实中的野姜花比出现在陈升歌里的野姜花,印象深刻得多。毕竟,也不是什么花瓣都可以吃的。为了证明我也自小在乡野长大,而不是什么都没见过的城市游客,我摘了路边的一朵朱槿花,吸吮起花蕊下的汁液。心里暗自明白,之前的惊讶,就好像头一次知道肉松以外,还有鱼松。

几只白鹭,气定神闲,在湿地里觅食。还有一条大黑鱼,趴在水底,任我们怎么吓唬也不想动弹。张望远处,还有一些游客,如小白点。少数民族导游会先用吆喝的形式举行一

蜥蜴 2017@ 屏东牡丹乡

个仪式,告诉依然栖息在此地的祖先们,有客人来了,打扰到了,请多包涵。少数民族的墓地,几乎都别着十字架。单是这么个不同,就让一切看上去都更加风和日丽。

这趟行程的目的之一,是到旭海爬山、看海、找鹅卵石。路过一处名为"牡丹湾Villa"的高档酒店,自丽姐和雷蒙哥神秘地讲道:"有钱人家,喜欢带着Miss(姑娘)跑来这地方逍遥几日。不担心被拍,因为人头不杂,私密性佳——这可是翻山越岭才能抵达的世外桃源。离台北,更是远到不能再远。"

牡丹湾的鹅卵石,有的像星球表面,有的像抛了光的珠玉,光滑圆润,令人爱不释手。潮水冲刷后,泡沫散去,它们反射出白昼和天空的颜色。身为大陆游客的我们,又只能眼巴巴看着两个比我们还兴奋的大孩子,挑好了几块石头,带回家去珍藏。

傍晚我们到恒春古城休憩,又去四重溪泡温泉,还去了开发中的屏东眷村,许多老房子还在改造,没有游客,"在地人"也不多。清静、雅致,这也是猫的天堂。民族路夜市熙来攘往,如别处夜市一样热闹。我们吃了旗鱼羹、羊肉汤、肉粽、卤味和甜汤。

每次回到十字路口，一个打扮入时的台妹都会引起我们的注意。她一直站在那里，好像在等人，却没有一丝焦急的神色。她像一个错位的时间信号桩，以至于我们怀疑，每一次遇见她都像打开一道滑动门，刚来到夜市。可是，你真相信一天之内，我们已经去过那么多地方了吗？

垦丁·垦丁真的天气晴

台东风雨交加之际，司机跟我们打赌说，到达垦丁肯定天气晴。我们自然不信，以为他爱开玩笑。结果，云开雾散，垦丁真的献出了一份意外大礼。

垦丁地处恒春半岛最南端。由于开发比较早，垦丁属于性价比中等的旅游地，适合年轻人，不适合拖家带口。但真要说台湾有什么地方还原汁原味的地方，恐怕也不那么好找。旅行经验，往往只属于你自己，不一定适用于别人。

在垦丁，可以租上一辆电动车，西起白沙湾，东到佳乐水，玩足两三天，不带重样。拆开来玩，安排可以是这样，一天从垦丁大街往西，经南湾到后壁湖、猫鼻头、白沙湾再到关山；一天往东，从鹅銮鼻，走风吹沙到港口、佳乐水；

天气晴 2014@ 台湾垦丁

太平洋 2017@ 台湾垦丁

再一天，完成一个大回环。如果体力不足，索性包车，去恒春镇上看看。再不然，预约个保护景点，认真探访个究竟。

有一回，朋友开车，带我们夜访社顶，寻找荧光蕈。停车时，车灯惊动了觅食的小鹿，还有家犬。在通往林子深处的步道上走上了几百米，透过树林，可以看见天上的流云以惊人的速度在变幻、流动，往西行军。风云变幻，以至于可以清晰地察觉到，时间分分秒秒在我们头顶上跑过。那一夜，我们并没有看到荧光蕈。不是时间不对，是连季节都根本不对。

赶上淡季，那么大的垦丁公园好像只属于你。一直记得佳鹅公路上的骑行，几十公里下来，只是感慨公园很大，所走之处，还只是垦丁的东南一隅。太阳耀眼，海风温柔，风光明媚似加州。

茫茫的芳草，高高的山崖，迎着无边无际的太平洋。年复一年，东北季风把沙子从海滩往山上搬运，后头的潮水，还追逐着前面的浪，再来一阵更大的风，便可以把我送上晴空。如果说花莲一带的海岸更多是凸显大自然的冷峻，垦丁的海岸不仅有热量，更多的是迤逦和多情。

在港口，我们决定去吃一家牛肉面。时值下午，马路没有车也没有人，只有睡在门口的狗，证明着这个地方确实有人类出没。进到店里，发现客人居然不少。吃完的几桌，好像也完全不着急走。从佳乐水折返，我还发现，马路边有只猴子盯着我看。显然，比起"陆蟹出没"的标示牌，这个猴子的存在，冷不防吓到了我。

Instagram（照片墙，社交网络）上，有心人已经把所有电影取景地标示了出来，从白沙湾到白榕园，从《海角七号》到《少年派的奇幻漂流》。前者宣告了台湾电影的复兴，后者依赖特效，却大多是在台湾完成取景。老实说，我在垦丁并没想起太多电影，反倒觉得我就像在一部电影的外景里。在旅行中发现自我，在电影里审视自我，久居尘霾笼罩都市的人，回归到空气清新、海风吹拂的乡野，当真怀疑这样的景象是不是只存在于台湾。我还只是看着这里的阳光、沙滩、草地和泥土，还没有说过这里的人。

要说起台湾的人，那就是台中、台南和高雄，是闽南语、槟榔，还有咖啡馆。自然而然，那又是另外一篇故事了。

台中·"台中让我想起了汉口"

《牯岭街少年杀人事件》的丰盛，在于细针密线织出的庞杂繁复、吹影镂尘制造的无所不容、锋发韵流的人物台词、尽心竭力的场景设计。一般电影里不足道的配角龙套，在这部电影中都会抖搂出令人难忘的光辉神采。

就说很少被提起的建中教官。他不经意地讲起了几句台词："说到台中的话，我倒想起大陆的汉口。"后来又说："说到青岛，它的建筑特别的好，是德国人建的，尤其是它那个下水道，做得特别的宽，特别的大，你不管这个下多大的雨，等这个雨停了之后，地面绝对不会积水，不像台北这样子的话，下一阵雨就积水……"

有人要问，这汉口就是汉口，青岛就是青岛，哪有什么稀奇？

巫宁坤的《一滴泪》里，作者暂时逃离了"反右"运动，他带上两个孩子跟妻子，去当时合肥唯一的一处公园逍遥津散步。那是普通的一天，那个平凡的公园，带给了这个家庭短暂的快乐。也曾去过逍遥津的我，看到时顿觉恍然如梦，类似的此情此景，时空交互，经常会出现在人生中。正如《牯岭街少年杀人事件》的这个教官，还有那些说给自己听的台词，他只是努力提醒自己：不要忘记。不要忘记。

我看电影，并选择与电影同行。时空交错的奇妙感受，

文理大道 2017@ 东海大学

是独立于电影本体以外的生命。电影以它自己的方式，在一座城市、一条街道、一个人身上，扎根、生长、开花、结果。

台中就是这样，出现在我眼前。这座城市与杨德昌电影的渊源，不只是一句轻描淡写的《牯岭街少年杀人事件》台词。许多大陆影迷可能不知道，《一一》从这里开始，《一一》在这里结束。

小舅子结婚的内景，是台北的圆山大饭店。但绿荫大树、台阶合影、结尾洋洋念出那段著名台词的追悼会，都是在东海大学取景拍摄的。

我来东海大学的契机，是由电影开启的，而最后留下的，又不只是电影里的文理大道。走在约农路上，高大的凤凰木，在头顶合拢，庇护经过的学子。马路对面，有一群用日语对话的交流学生。他们声音很轻，走路也很轻，轻得我觉得眼前像是一场幻觉。

下午的阳光穿透密荫，尘埃在周围飞舞。简洁的日式宿舍楼，是封存了无数人的时光胶囊。我开始另一个游戏：曾有另一个我，在这样的校园里，有过一段青春片里的故事。这是一个不超过七秒的清醒梦，而我是跳入东海的一条鱼。

有人说，爱上一座城市的理由很简单，也许就因为眼前一棵美丽的树。我不免起了疑心，冒出来这样的话，也许触动是来自《牯岭街少年杀人事件》的一款海报。20世纪60年代的少男少女，沐浴在泛黄的金色阳光中，自带神圣光晕。青春的爱情，像背后的大树那样，结实地成长着。

中西合璧的路思义教堂，由陈其宽与贝聿铭设计，外形像尖顶的三角船帆，又有双手合十之意。黄色的小方块瓷砖，源自中国传统宗庙，整体造型感极强。走进东海大学，你几乎不可能错过这个建筑。

情侣们在教堂前驻留，一对对坐在台阶上。青色的草坪上，丢着正在休息的三脚架。人们安坐，人们合影。有人张望，有人祈祷。人生如此，日复一日。

傍晚，漫天彩霞映亮了球场的天空。跑步的人们，身影却变得模糊起来。"一只鸟仔哮啾啾"，乍飞还落，在红白相间的废弃天线上，来来回回，真有那么一些"唱晚"的意思。

待到明月高照，不知方向的我们，已经从另一出口，出了东海大学。回望那一片消失在黛色中的树林，感觉完成的，是一趟入山之旅。

东海大学以外的台中，还有很大。老旧的第二市场，现代化的台湾美术馆，封存一段特殊历史的台中州厅。穿过施工的河道，我们走到了一条街。也许是外籍劳工出没，加上湿漉漉的雨季，更像偶遇了菲律宾或越南。

台中还有全台最大的夜市，逢甲夜市。如果是在大陆，逢甲大学就是一个标准的吃货大学——一整片校园都被夜市所包围。

逛着逛着，就走进了校园。线路老化的路灯，扑向光亮的飞虫，远看以为是流光，定睛一看，黑暗中落着有生命的细雪。我们继续白天未尽的话题，讨论逢甲夜市与台北师大的临江饶河街有何不同。

除了招引游客，还融入了学生时代的记忆，夜市已经根植在每一个台湾人的生命中。尤其是在逢甲，若是一个人或两个人成行，吃完一份盐酥鸡之类的，恐怕就吃不下别的了，夜市小吃就适合三五成群，你分一口，我取一块，停了再逛，喝了又吃。

我难以描述更多的台中印象，这里的人们是忙碌的，但节奏又有点儿慢，气候没有那么潮湿，空气质量一般。至于教官为什么会想起汉口，也许他是在怀念过去，还有回不去的人情味。

普拉斯 2017@ 台南安平

台南·不如老天一算

台南楼房平矮，天空很低，低到飞机掠过大观音庙的飞檐角时，如一只灰色大鸟，一头扑进了硕大的榕树冠。

庙前，有白领模样的女士，正双手合十，祷念着亲人安康、出入平安之类的话。干瘦的守庙人，等着更多的树叶落下，再挥动起扫把，三五下地，把它们引出石板地。

石板上爬满了纹路，几次清脆的掷筊声，满意结果的女士，又往功德箱里投进几个硬币。一旁的守庙人，迎上前去，鞠躬道谢，多谢施主。

高香、灯烛、金纸，寺庙在闽南和台湾，好似西洋人的教堂兼广场。明晃晃的夏日，打路边经过，望进去，却是一片庄严与杳渺。

我停驻的大观音庙，与香火旺盛、烧金银纸的车城福安宫（土地公庙）、有求必应的台北龙山寺或行天宫相比，实在不足为奇，无非偏安一隅，安心静地。何况，台南寺庙之多数不胜数，三五十步一间，可与泉州比肩（两地同有刺桐城的旧称）。有一些寺庙，索性隐匿在了民宅之间，大有"南朝四百八十寺"的古诗意。

出来了几个少年，黑色革装，阿飞太妹行头。一到庙口的大树下，他们恢复了打闹，在黑色机车旁，畅快地点起了烟。短暂喧哗过后，又陷入无言的沉默，看起来，他们跟我一样，还没想好，待会儿要去哪儿。

这午后的台南，荡漾着极缓慢的催眠气流，引得人昏昏欲睡。

不同于准备降落在南边机场的民航飞机，接连不断的喷气战斗机，发出远远就能听到的声响，用低沉噪声打破整座城的宁静。我在赤崁楼边上的咖啡馆，在安平古堡的围墙上，注视着它们，从大块的晴空中划过。

即便是台风雨的天气，绿色的垃圾车也在城里打转。只要听到《少女的祈祷》，循环播放的市长赖清德的讲话，台南市民就从雨中冒出来，撂下装好的大袋小袋。虽然奉行垃圾不落地，但台南并没有台北那么干净——可能是台南人民生活得过于随性。更有甚者，调侃起台南人的无法无天：此处红绿灯，仅供参考。

  我为了看静物闭上眼睛

  梦中诞生的奇迹

> 转动的桃色的甘美
>
> 春天惊慌的头脑如梦似的
>
> 央求着破碎的记忆
>
> 青色氢气球
>
> 我不断散步在飘浮的荫凉下
>
> 这傻愣愣的风景

台南的城市布局,围绕几个圆环,道路四散,有格子形,有星芒状。道路不见宽敞,并不像是设计给汽车跑的。讲述风车诗型社的纪录片《日曜日式散步者》说道,百年前的小城诗人,从台南到了东京,被现代化的马路汽车咖啡馆震撼,又被电影里的钟楼、电车、高跟鞋迷魂摄魄。现代文明发展到来后,城市经过规划设计,出现了可以散步的空间,但变化又没有时局来得快。当年的大马路,再到今天,又十分拥挤。

走在街上,随处可见不起眼的小店前排有几十号人。你会忍不住发问,台南的寺庙和小吃店,到底哪个更多?我喝到了最冰爽的绿豆汤,吃到了最香甜的杏仁豆腐,至于牛肉鱼粥当归鸭、肉羹米线担仔面,自不必说。

保留了传统手绘电影海报的全美戏院,是一家二轮戏院。

追想曲 2017@ 台湾台南

买一张票，你可以连看两部下档电影。全美也是国际大导演李安电影梦开始的地方，当年他经常逃课去看片。撞上那贴满了海报、写了蛊人文案的宣传车，你就找到了谋杀时间的好去处。一个全美，包揽了台南的老与慢。

作为开台之地，有四百年历史的台南，面目并不现代，城市建筑也不稀奇。他们吃什么，我跟着吃什么。他们踩机车，我用更慢的单车，跟在了他们后面，一路溜达到了海边的渔光岛。透过那些熟悉的乡音，在安平的老街古巷大树红砖墙上，我寻觅着已经被讲到滥俗的古早味。

台南可能等于庙宇，等于府城，等于小吃，等于台湾最早的历史，等于身穿花红长洋装的人。"没到过台南，就等于没到过台湾"——过街地道的墙上，市政部门刷着标语。

河道更改，海港淤积，台南远离了繁荣热闹，变成了虔诚静寂的小城，变成了以咖啡馆数量为傲，打发时光的上好去处。或许，这正是人有千算，不如老天一算。

高雄·做一个高雄人

听闻我要下高雄，朋友发出惊叹：高雄有什么好去的，那么荒凉。

我有些震惊,这是第一次听到有人用荒凉来形容一座台湾的城市。

第一次到高雄,出台铁车站,车站跟捷运相连,人来人往,相当热闹。年轻的中学生,还有颜色各异的帆布书包,高雄女中、凤山商工、中高正中……它们比招牌文字更严肃地提醒我:这里是南台湾。

转进六合夜市,商家摊贩正忙着摆放桌椅,蓄足精神招揽生意。我压制了舌尖的欲望,快步走到了下榻的旅舍。打开窗户,天边云彩绝艳,红得叫人欢喜。

后来,一个人晃荡起来,我却发现,高雄真是"荒凉"的。

轻轨是没有人的,直到推出三个月的免费搭乘活动,乘客才多了起来。

作为换乘站的美丽岛,也是没人的。大中午的捷运站内,无论是去西子湾,还是去大寮,橘线夸张到连一个人影都没有。

走在以一二三四五六七八九十命名的大马路上,居然会有逛驳二艺术特区的空旷无人的体验。想起我在越南时,走过西贡街头,会被齐刷刷行注目礼。所有人都在骑摩托,人行道上压根没人。在这里,机车党连看都不看你,马路实在宽敞。机车实在方便,方便到高雄市民不想去搭乘轻轨和捷运。

我决定做一个高雄人。

我走到了仁爱一街,为了喝一碗绿豆汤。老店很酷,铁板屋,只挂一招牌,三个字:绿豆汤。20元台币一碗,只有阿嬷一个人,只卖一款绿豆汤。

我们去了东港和蚵仔寮,为了喝一碗早上的鱼汤。大盆煮的鱼汤,只丢些姜丝,没有其他东西。鱼的名字,我没记住,因为它的亲戚朋友,一下子见得太多。与菜市场相比,本地的鱼市场,似乎更能代表高雄的港口特色。我们围观鱼贩买家出价竞拍黑鲔鱼和旗鱼。一条条打了编号的鲔鱼,被渔民从渔船上抬了过来。鱼贩围成一圈,熟练地从胶鞋裤管里,拔出一根尖锥头的铁管,往鱼鳍上一扎、一抽,拔出来的铁管里头,就有一小块鱼肉。手指触摸、捏拿一下,心里就知道了质量好坏。大家默不作声,等待着下一条大鱼。

王放当即感慨:这场面好电影。

海鲜粥是夜宵必备,鲜虾、蚵仔、花枝、干贝、蟹肉,加上有笋丝的汤头,美味到连碗底的一粒米都不想放过。我

鱼市场 2017@ 高雄东港

们学着高雄人吃饭,把虾子一个个挂在了大碗的沿边上。这样无论用来看还是用来拍照,吃起来都有气势。一碗泡饭,海陆大餐。

午夜,看完一部韩国电影,我和王放兴奋难抑,决定以步代车,从十全一路,走回六合二路。我们从天桥上穿过静悄悄的铁道线,又走过无声的河道。白天的热气仿佛还未散去,继续纠缠着浪荡在大街上的"好家伙"。

二十年前,阿萨亚斯在拍摄《侯孝贤画像》的手记里写道:"这里到处是货轮解体后的残骸,像一座废铁之都,街边挤满小店,贩卖堆积如山的诡异零件、发动机、油泵、舷窗、鼓风机、铜制部件。"看起来,并没有什么高雄人闯入他眼里。

说起高雄的城市面貌,能想到的还有从旗津远望八五大楼所得见的景色。入港的集装箱货轮,像一块块浮动而来的积木,在海滨,搭建起了一座魔方城市。坐梦时代的摩天轮,集合出发去垦丁的技击馆,喝折合人民币83元一杯的精酿啤酒。为什么只记得它们呢?我也说不出理由。

海军的左营,陆军的凤山,空军的冈山。高雄还有这三大片眷村,特别好记。高雄凤山是侯孝贤人生开始的地方,也是《最好的时光》开始的地方。这里还放映过一场彩色宽银幕版的《风柜来的人》。当时的少年，就住在了旗津，旗津码头，还有船直通金门，那是《有一天》的梦。

桥头糖厂，杨凡的《泪王子》和杨雅喆的《血观音》都在这里取景。我在毛里求斯，参观的最匪夷所思的一处景点也是糖厂。制糖业是台湾历史悠久的支柱产业，糖厂遍布全岛，得以使许多历史建筑保留下来，还滋养了《牯岭街少年杀人事件》等许多电影。

高雄电影资料馆就在爱河边上，下午的白色大厅放着寂寥的《港都夜雨》，那个属于基隆的电影故事，也可以属于这里。如果不想看电影，你就搭个水陆观光车，既可路上观光，也能入水游河。爱河本叫高雄河，几十年前有一对情侣投河殉情，见诸报章，促成了今天罗曼蒂克的名字。

有爱，就有愁。余光中说，诗歌与地点，是拥有和霸占的关系。杜甫写三峡写得多，于是三峡成了杜甫的，黄河也成了李白的。晚年的余光中，只得一个高雄的西子湾。西子湾景色美好，有海，有大得惊人的轮船，有一衣带水，通往大陆的想象。不知道为何，描述这种诗人对地点的"霸占"，让我想起了独霸火药的泉州老乡蔡国强。

在旗津的山上，也能看到西子湾，好像没有什么特别的。

王放还提议去寿山上看猴子。

两个男人结伴去看猴子,我实在想不出,有比这个还无聊的事情了。

后记

每次回想起台湾,就会出现纪录片《看见台湾》的结尾。飞机穿越连绵不断的、涌动的云层,在一片白色和蓝色形成的蔚蓝色中,一块绿色的土地突然出现在舷窗下方,越来越辽阔。那是我第一次到台湾看到的景象,取道香港转机,从一座岛屿到另外一座岛屿。

2017年,台湾导演齐柏林拍摄《看见台湾2》,不幸坠机遇难。哪怕不清楚这部电影拍摄的前前后后,哪怕很多人对这部电影谈不上多喜欢,我想说,导演们最美的绝唱,绝不是什么死在片场。2013年,我在"金马50",见证了《看见台湾》拿下最佳纪录片奖,那是一次关于电影与历史的盛会,没想到其中的一部分,如此之快地成了历史。你的足迹,游子的乡愁,绕地飞行的电影镜头,还有穿行此间的我,都在看见台湾。

鹅卵石 2017@屏东牡丹湾

致谢：宙船自有方向

经常被问："除了看电影，平时还喜欢什么？"
我喜欢旅行、拍照。这点兴趣爱好，其实和别人没啥两样。
也有朋友激我："不喜欢看你写的影评，还是去拍照吧。"
书中照片，全部使用 iPhone 手机拍摄，后期处理用的是 VSCO 软件。
我最喜欢的一款机子，是 iPhone 4S。
在我出生之前，年轻的父亲就远赴东北的吉林通化，收购人参。
少年的我，不知火车为何物，
也不曾见过大海，却一直向往那趟遥远的旅程。
电影如光梦，人生向海流。这艘船，自有它的方向。
而我的桨，绝不会拱手让人。
感谢吴柳、关南、子欣、阿秋、王放，以及在路上的朋友们，
希望大家不要忘记旅途上的笑容。